꽃이 필요한 모든 순간

.

꽃이 필요한 모든 순간

꽃으로 마음을 다독이는 법

문혜정 지음

빌리버튼 billybutton

CONTENTS

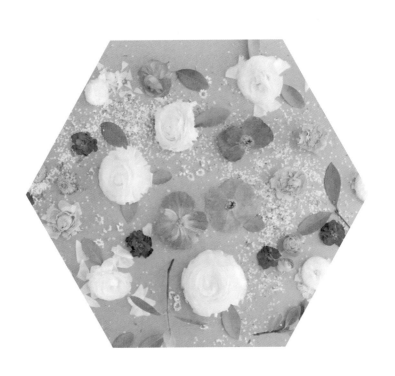

흔들리는 꽃이 피는 순간

나무로 가구나 조각품을 만들고, 가죽으로 지갑이나 가방을 만든다. 빈 캔버스를 채우면 미술 작품이 되고, 음표를 모아 연결하면 아름다운 화음이 되며 흘러가는 순간을 포착해 셔터를 누르면 한 장의 사진이 된다.

수많은 취미생활과 예술활동은 의미 없는 날것의 재료를 우리에게 의미 있고, 아름다운 것으로 바꾸어놓는다.

그런데 꽃을 다루는 일은 다르다. 플로리스트들 사이에서 조금은 자조적으로 쓰는 말이 있다.

"이미 이렇게 완벽한 꽃에 내가 뭘 더 할 수 있겠어?"

꽃은 무엇을 하지 않아도, 그 자체로 아름답다. 오히려 내 손이 더해져 아름다움이 덜해질 가능성은 있다.

하지만 꽃도 흔들린다.

바람에 흔들리고, 벌레에 흔들리고, 폭우와 가뭄에 흔들린다. 물 한 모금 마시지 못하고 먼 거리를 이동하기도 하고 종이에 둘둘 말려 짐처럼 쌓이기도 한다. 완벽해도 시련을 겪는다. 물론 나는 꽃과 직접 대화를 나눠본 적이 없으니 그 시련이 얼마나 힘든지, 견딜 만은 한지, 겪을만한 가치가 있는 것인지 모른다. 그냥 꽃도 흔들린다는 사실만 알 뿐이다. 늘 감탄을 불러일으키는 존재로 나타나기 위해, 그들은 내가 모르는 시간을 견디고 있었을 것이다.

나도 흔들린다.

멀고 가까운 여러 사람에 의해, 여전히 오리무중인 일에, 영원할 것 같기도 하고 위태로운 것 같기도 한 사랑에, 출근길을 가로막는 자연재해에, 어느 날 갑자기 세상을 멈추게 만든 바이러스에, 그리고 무엇보다 잘 모르겠는 나 자신에 의해.

흔들릴 땐 무조건적인 위로를 받고 싶기도 하고, 그냥 숨어버리고 싶기도 하고, 어느 때는 큰소리로 욕을 하고 싶기도 하다. 나는 왜 이러지, 왜 나만 이런 것 같지, 왜 나한테만

이러지, 하는 생각들에 사로잡힐 때마다 생각한다.

"완벽한 꽃도 흔들리는데 나라고 뭐…."

꽃이 시들어 바싹 말라가는 것을 볼 때는 더더욱 그런 생각을 한다. 완벽한 것도 끝이 있다. 이야기를 열두 달로 나눈 것은, 그달에 꼭 그 꽃 이야기를 하고 싶었기 때문은 아니다. 그런 기분이 들 때 맞춤 응급처치처럼 그 페이지를 바로 열어볼 수 있었으면 하는 마음에서였다. 지금 나에게 필요한 게 어느 페이지의 어느 구절이었더라? 하는 고민 없이 찾을 수 있도록 지름길로 열두 달을 나누었다.

나는 의식적으로 '위로'라는 단어를 사용하지 않으려고 노력 중이다. 누군가를 위로할 생각으로 글을 쓰는 건 아니다. 내가 뭐라고 함부로 타인을 위로할 수 있단 말인가. 누군가에게 섣부른 위로와 조언을 해줄 만한 위치도 아니고 그런 위치였던 적도 없다. 아마 앞으로도 그럴 것이다.

다만 나는 그저 적절한 어느 순간에 꽃과 함께 있었고, 그때의 감정을 나누고 싶어서 이 글을 썼다. 그런 감정들이 나에게만 있는 것이 아니고, 나만 그 안에서 허우적대고 있는 게 아니라는 걸 아는 것만으로도 가끔은 힘이 될 때가 있다. 사람과 관계가 싫어서 의식적으로 홀로 멀어진 이들도 공감을 필요로 할 때가 있다. 나는 아주 멀리서, 느슨하지만 편안한 관계의 누군가처럼 너무 과하지 않은 감정을 담아 당신과 공감하고 싶다.

책이 끝날 때쯤에는 플라워러버들이 나도 그런 감정을 느낀 적이 있다고 공감해줬으면 한다. 그보다 더 바라는 건 '대체 꽃이 뭔데?'라는 궁금증이 생기는 사람이 많아지는 것이다. 나는 친절하고도 불친절하게 이 책 안에 꽃에 대한 적절한 설명과 호기심을 모두 섞어 심어놓았다.

이 책을 읽는 당신의 마음에 부디 그 씨앗이 꼭 싹트길….

1부

활짝 핀 결과의 시작

봄

꽃을 사랑하는 나는 모든 시간, 모든 계절의 꽃이 흥미롭지만 누군가 꽃을 배우기 가장 좋은 계절이 언제냐고 묻는다면 '봄'을 추천한다. 봄꽃은 계절이 주는 느낌을 그대로 담고 있다.

"어림, 설렘, 천진함, 순수함, 연약함, 부드러움…."

우리가 봄을 생각할 때 떠올릴 수 있는 모든 것이 봄꽃의 특징이라고 보아도 무방하다. 봄은 날이 따뜻해지면서 다양한 종류의 꽃을 만날 수 있는 시기다. 순식간에 지나가버리는 봄 꽃시장에 등장하는 그 많은 꽃을 놓치지 않고 만나려면 정신이 하나도 없지만 그 때문에 행복한 계절이다.

화사한 봄꽃들을 보며 착각하기 쉬운 것이 있다. 봄꽃들은 봄에 심은 씨앗에서 피어난 것이 아니다. 꽃은 결과다. 따뜻한 봄날, 결과물인 꽃을 피우기 위해서는 그 씨앗과 구근들은 훨씬 이전, 그러니까 가을이나 초겨울쯤 땅에 뿌려졌

을 가능성이 높다. 보이지 않는 캄캄하고 차가운 흙 속에서 견디고 기다리며 천천히 더 깊은 땅속으로 뿌리를 뻗어나가는 한편 땅 위로 새싹을 올려보낸다. 아침과 밤에는 추위를 견디고, 따스한 날에는 조금씩 꽃대를 키워나가며 완벽히 피어날 적당한 날을 기다린다. 우리는 어느 날 짠 하고 나타난 봄꽃들을 보며 시작에 대한 의지를 다진다. 하지만 봄에 시작해서는 아무런 소득도 얻지 못 하고 채 그해 봄을 흘려보낼 수밖에 없다.

길고 긴 겨울을 버티며 얼마나 많은 꽃이 활짝 피어날 순간만을 기다리고 있었을까. 이런 사실을 떠올려보기도 전에 봄은 너무 짧고 빠르게 지나간다. 시작하려는 마음을 먹는 것 자체가 무언가를 시작하기 위한 하나의 단계인데, 그 미션을 완수하자마자 스쳐가는 봄을 보며 부풀었던 마음이 바람 빠진 풍선처럼 후욱 하고 가라앉는다. 분명 함께 시작한 것 같은데 나만 뒤처진 것 같고 다른 사람들은 성공적으로 결과물을 내는 것 같다.

하지만 착각이다. 꽃에게 봄은 행동의 시작이 아니라 결과의 시작이다. 결과는 시간의 흐름에 따라 점점 더 증폭하여 가을쯤에는 완결을 맺고, 겨울에는 다시 땅속으로 가라앉을 것이다. 캄캄하고 춥고 어느 땐 축축하고 또 어느 땐 한없이 메마른 땅속에서 대체 무슨 일들이 일어나고 있는지는 그 안에 있는 씨앗만이 알 수 있다. 그나마 주의 깊게 땅을 살피며 다닌 사람만이 땅 위로 힘차게 머리를 들이미는 새싹을 조금 더 먼저 발견할 수 있을 뿐.

봄에 무언가를 시작하기엔 이미 늦었다. 봄에 뿌려진 씨앗은 봄에 꽃을 피울 수 없다. 그러니 찰나와도 같은 봄이 지나갈 때 자책할 필요 없다. 우리가 못나서 늦된 것이 아니라 단지 늦게 시작한 것이니까.

봄에 시작하면 빠르면 가을쯤엔 무언가 결과물을 만들어낼 수 있을지도 모른다. 그러려면 손가락도 까딱하기도 싫은 무더위를 버텨야 한다. 혹은 시작한 일에 따라 그해를 꼬박 아무 성과 없이 지나 보내야 할지도 모른다. 세상의 모든 꽃이 일 년을 주기로 꽃을 피우지는 않는다. 이년생의 꽃들은 한 해를 흘려 보내고 그 다음 해가 되어서야 꽃을 보여주기도 한다.

물망초Forget-me-not는 푸른색 또는 흰색의 아주 작은 꽃이 오밀조밀 피는 이년초 중 하나다. 바글바글 여러 송이가 함께 피어나 청초한 느낌을 자아내는 물망초를 보려면 한 해 먼저 준비를 시작해야 한다. 물망초는 옮겨 심는 걸 싫어하기 때문에 꽃이 피어야 할 자리에 바로 씨앗을 뿌리는 것이 좋다. 또 추위를 잘 견디는 성질을 가졌기 때문에 일단 부지런히 씨를 뿌려두면 꽃을 보는 것은 어렵지 않다.

꽃시장에서 희고 푸른 물망초를 발견할 때면 나는 이 꽃을 키운 농부들의 부지런함을 먼저 떠올린다. 올해가 아닌 다음 해를 위한 씨를 뿌리고 기다린다는 건 생각보다 많은 인내심이 필요하다. 특히나 다른 꽃들이 피어나기 시작하면 기다림의 시간은 더더욱 더디게 느껴지고, 무언가 뒤처진 듯한 기분이 들 것도 같다. 하지만 긴 준비 시간이 끝나고 꽃이 피어나는 순간의 기쁨은 두 배가 훨씬 넘으리라.

물망초의 꽃말은 '나를 잊지 마세요'다. 한편으로는 서글프고 수동적으로 들리는 이 꽃말 뒤에 한마디를 덧붙이면 갑자기 굉장히 씩씩한 다짐으로 바뀐다. '나를 잊지 마세요. 꼭 다시 돌아올 테니까.' 나는 이 꽃말이 이년생인 물망초의 성격과 참 많이 닮아 있는 것 같다.

"봄에 시작하면 늦다."

하지만 목표를 올봄이 아니라 다음 해 봄으로 삼는다면 이야기가 다르다. 느긋하게 알아보고 준비하고 시작해도 된다. 어디를 시작 지점으로 보느냐의 문제는 실제의 시간과는 무관하다. 삶의 주도권을 시간의 흐름에 넘겨주느냐 내가 가져오느냐의 문제기 때문이다. 일년초를 키우기에 너무 늦어버렸다면 이년초를 키우기로 결정하면 된다.

다시 한번, 결정은 나의 몫이다.

마음의 열쇠에는
온기가 있다

3월, 튤립

사람들에게 가장 친근한 꽃을 꼽자면 장미를 들 수 있다. 꽃을 잘 모른다는 사람도 장미는 안다. 하지만 장미를 그려보라고 하면 선뜻 그리지 못하고 머뭇대는데, 튤립을 그려보라고 하면 특징을 잡아 곧잘 그린다. 특징적인 생김새를 가지고 있기도 하려니와 모두 머릿속에 담고 있는 익숙한 튤립의 생김새가 있기 때문이다.

한때 유럽에서 구근 하나의 가격이 집 한 채 가격과 맞먹었다는 튤립Tulip은 오랜 역사만큼 사람들에게 꾸준히 사랑받아왔다. 유명한 꽃들은 여러 가지 전설을 가지고 있는데, 튤립의 전설은 주로 튤립의 익숙한 생김새와 관련이 있다.

어느 날 예쁘고 순진한 처녀 튤립에게 세 남자가 찾아와 청혼한다. 첫 번째 남자는 왕자로 그는 자신과 결혼을 해주면 자신이 쓰고 있는 왕관을 튤립에게 씌워주겠다고 했다. 기사인 두 번째 남자는 자신과 결혼을 해주면 집안 대대로 내려오는 귀한 칼을 바치겠다고 말했다. 마지막 남자는 부유한 상인의 아들로 자신과 결혼을 해주면 금고 가득한 황금을 안겨주겠다고 했다.

나로선 이해할 수 없지만, 여린 마음을 가지고 있던 튤립은 누군가 한 명을 선택하면 남은 두 명이 상처받게 될 것이 안타까워 아무도 선택하지 않았다고 한다. 청혼을 거절당한 세 남자는 정말 그녀를 사랑해서 청혼한 것이 맞는지 의심스러울 정도로 튤립에게 '평생 아무하고도 결혼을 못 할 것'이라는 저주를 퍼붓고 떠난다. 저주 때문이 아니라 황당함에 화병이 났을 것이 분명한 튤립은 시름시름 앓다가 죽었다. 이를 안타까이 여긴 꽃의 신 플로라가 튤립에게 왕관을 닮은 꽃, 칼을 닮은 잎, 황금 덩어리를 닮은 뿌리(구근)를 주고 봄마다 피어나게 했다고 한다.

그래서인지 사람들에게 튤립을 그려보라고 하면 포크처럼 뾰족한 끝을 가진 길쭉한 꽃을 그린다. 하지만 나에게 튤립을 그려보라고 한다면, 아마 깊은 고민에 빠질 것이다. 나는 정확한 튤립의 모양을 모른다. 아니, 정확히는 어느 것을 튤립의 진짜 얼굴이라고 해야 할지 모르겠다.

튤립은 봄에 피는 대표적인 구근 식물로 늦가을과 겨울에 심어 따뜻한 봄에 꽃을 피운다. 그래서 튤립의 꽃잎은 시간이 아닌 온도에 더 큰 영향을 받는다. 아무리 기다려도 추운 곳에서는 샐쭉한 봉오리의 모습만 보여준다. 하지만 튤립을 꽂아놓은 방 안이 따스하다면 금세 꽃잎이 벌어져있는 모습을 발견하게 될 것이다.

따뜻한 곳에서 슬쩍 말려있는 꽃잎을 조심스럽게 바깥쪽으로 뒤집으면 튤립은 아무에게도 보여주지 않았던 전혀 다른 얼굴을 보여준다. 다소 예민해 보였던 뾰족한 얼굴이 싱글벙글 웃고 있는 것 같이 둥글넓적한 모습이 된다.

게다가 꽃잎이 뒤집어져 밖으로 드러난 꽃의 가운데 부분(꽃술이 있는 부분)은 꽃잎과는 확연히 다른 색을 띠고 있어 튤립을 한 가지 색으로 정의 내릴 수 없게 한다. 오렌지색 튤립인 줄 알았는데 가운데 부분은 갈색이라든가 흰 튤립인 줄 알았는데 가운데 부분이 빨간색이라든가 하는 다채로운

반전이 있다.

나는 이 열린 얼굴을 보기 전까지는 튤립을 별로 좋아하지 않았다. 더 생각할 것도 없이 이미 너무나 잘 알고 있는 꽃이라고 믿었다. 크고 색이 선명한 몇 개의 꽃잎이 위를 향해 뾰족 솟아 있는 조금 맹숭맹숭한 봄꽃이라고만 알고 있다가 처음 튤립을 뒤집어보았던 날의 충격은 아직도 생생하다. 그 섬세하고도 복잡한 내면은 단번에 나를 매료시켰다.

튤립을 서늘한 곳으로 데려가면 언제 그랬냐는 듯 다시 입을 앙다문다. 나그네의 옷을 벗기는 것이 차가운 바람이 아닌 따스한 햇살이었던 것처럼 다정하고 화사한 튤립의 얼굴은 따뜻함에만 반응한다. 로맨틱한 꽃이다.

튤립을 사 오는 날이면 따뜻한 곳에 잠시 두어서 꽃잎이 슬쩍 벌어지게 하고 양손을 쓱쓱 몇 차례 비벼 손에 온기를 입힌 뒤, 섬세한 손길로 '살살' 꽃잎을 뒤집는다. 충분히 벌어지지 않으면 무리해서 뒤집지 않고 잠시 더 온기가 스미도록 기다린다. 억지로 뒤집다가는 꽃잎이 떨어져 버리거나 찢어질 수 있다.

수업하다 보면 학생들이 '아이 망쳤어요. 선생님은 대체 어떻게 한 거예요?'라고 자주 묻는다. 나라고 별다른 비법이 있을 리가 없다. 튤립에게 충분한 온기와 스스로 벌어질 수 있는 시간을 주었다는 것만이 다를 뿐.

지금까지는 이렇게 속을 훤히 들여다보이게 뒤집은 튤립을 보고 '이건 튤립!'이라고 첫눈에 알아보는 사람을 거의 만나보지 못했다. 보통은 '이 예쁜 꽃은 무슨 꽃이죠? 처음 보는데.'라는 반응을 보인다. 그래서 어떤 것을 튤립의 진짜 얼굴이라고 해야 할지 결정하지 못했다.

튤립이 세 명의 남자가 내민 거창한 선물을 거절하고 아무것도 원하는 것이 없다고 했던 건 어찌 보면 너무 당연하다. 나라도 그런 청혼은 거절했을 것 같다. 세 명이나 되는 대단한 남자들 중 왜 진실한 마음을 이야기를 한 사람은 하나도 없을까?

튤립이 아무에게도 선뜻 보여주지 않는 맨얼굴을 보이는 건 온기와 애정 어린 손길이 스칠 때뿐이다. 앙 닫힌 누군가의 마음을 얻고 싶을 때 가장 필요한 건 봄볕 같은 따스함과 기다림뿐일지도 모른다. 마음이 없는 물질과 위력은 나그네

뿐 아니라 꽃 한 송이를 열 힘도 없다.

튤립 전설의 결말은 어쩌면 해피엔딩일지도 모른다. 그녀는 왕관과 명검, 황금 중 어느 것도 받지는 못했지만 '꽃'이 되었다. 한 남자의 꽃이 되는 대신 진짜 꽃이 되어 매년 봄, 활짝 피어날 수 있게 됐다. 튤립의 전설은 슬픈 이야기로 회자되지만 청혼을 거절했다는 이유로 저주를 퍼부은 남자 중 하나를 선택할 뻔한 운명보다는 꽤 괜찮은 엔딩이다. 물론 전설에는 상징만 있을 뿐 명료한 설명과 해석이 없다. 어떤 것이 진짜인지 모르는 튤립의 진짜 얼굴처럼.

나에게

한 걸음 앞으로

4월, 양귀비

꽃을 잘 모르는 사람들에게 봄꽃 중에 양귀비^{Poppy}를 좋아한다고 하면 '그거 대마초 아냐?'라고 반문하며 얼굴을 찡그린다. 법적으로 문제가 전혀 없는 양귀비는 '포피'라는 이름으로 봄 꽃시장에 나타난다. 봄도 짧은데 봄보다도 짧은 기간 동안 잠시 나타났다 사라지는 꽃이라 나는 봄이 되면 촉각을 곤두세우고 꽃시장에 포피가 나왔는지를 살핀다.

포피는 내가 본 꽃 중 가장 독특한 꽃이다. 내가 포피를 처음 보고 느꼈던 감정은 혐오였다. 꽃시장에 나오는 포피는 대부분 꽃잎을 감싸고 있는 깍지가 완전히 벗겨지기 전에 판매된다. 포피의 깍지는 정말 꽃을 싸고 있는 것인지 의

심스러울 정도로 묘하게 생겼다. 여성스럽게 가늘고 이리저리 예술적으로 휘어진 줄기에는 이파리 한 장 붙어있지 않고 짧은 솜털이 촘촘히 나있다. 깍지에도 비슷한 털이 나있는데 사실 솜털이라기엔 조금 징그러운 검고 까슬까슬한 털이다. 과장을 15퍼센트 정도만 섞으면 이틀 정도 면도를 하지 않은 남자의 턱수염 같은 느낌이랄까?

'대체 이 꽃이 뭐가 좋아?'라는 의문이 들겠지만, 포피의 매력은 이 깍지를 스스로 툭 벗고 나올 때 느낄 수 있다. 무슨 짓을 해도 절대 열릴 것 같지 않은 깍지가 물에 꽂아놓고 조금만 기다리면 저절로 떨어진다. 그리고 그 좁은 깍지 안에 어떻게 들어가 있었는지 신기할 정도로 구겨진 한지 같은 꽃잎들이 기지개를 켜듯 천천히 잎을 펼친다. 포피의 깍지는 일부러 뜯어서 여는 것보다 스스로 열고 나오는 것을 최대한 기다리는 편이 좋다. 괜히 빨리 꽃을 보겠다고 깍지를 억지로 뜯다가 꽃잎에 상처를 입힐 수도 있다.

몇 년 전 나는 꽤 어두운 기운에 빠져있었다. 학생 한 명이 꽃집을 개업했던 것이 그 이유였다. 그녀가 학생으로 나를 처음 찾아온 날, 밝은 얼굴로 꽃이 너무 좋아 꽃집을 하고 싶다고 했다. 꽃만 봐도 기분이 좋은 그 마음을 잘 알기에 나는 그녀가 좋았다. 돌쟁이 어린 아기를 키우며 일주일에 한 번씩 정기적으로 시간을 내서 힘들게 찾아오는 그녀에게 최대한 많은 것들을 전해주려고 노력했다.

그리고 몇 개월 후, 그녀는 가게 자리를 계약했다고 감사하다 말하며 떠났다. 나는 자리를 비울 수 없다는 핑계로 그녀의 가게에 직접 가보지 못했다. 얼마 후 다른 학생이 와서 그녀의 가게가 나의 스튜디오와 걸어서 3분쯤 되는 가까운 거리에 있으며 인테리어 분위기도 비슷한 느낌이라고 전해주었다. 마음이 약간 답답해졌다. 게다가 그녀가 나와 비슷한 커리큘럼의 플라워클래스를 시작했다고도 알려주었다. 마음에 뭔가가 쿵 하고 떨어지는 기분이었다.

나는 쿨해질 수 없었다. 몇 년 동안 내가 쌓아온 것들을 누군가에게 한순간에 도둑맞은 것 같았다. 그리고 심지어는 내가 내 손으로 그것들을 퍼준 것 같았다. 바보. 멍충이. 그런 사람인 줄도 몰라보고! 스스로에 대한 자괴감도 들었다. '어떻게 나한테 그럴 수 있지?'라는 의문은 곧 미래의 학생들에 대한 의심으로 번졌다.

'이런 일이 또 생기지 않으리란 법이 없다. 하지만 내가 그것을 막을 수가 있나? 그럼 내가 가르치는 것들은 나의 선생님에게서 배운 것과 그렇게 많이 다른가? 나 역시 복제품이고, 약간 변형된 또 다른 복제품들을 계속 만들어내고 있는 건 아닐까?'

답을 찾지 못한 채 소심하게 딘딘한 껍데기 안으로 빌려들어가 그 고민만으로 한 해를 보내고 혹시나 다른 사람에게서 답을 찾을 수 있을까 하는 마음에 오랜만에 학생으로 돌아가 영국에서 온 유명한 플로리스트를 찾아갔다.

새로운 테크닉과 감각, 감성을 보고 듣고 배웠지만 그 이상의 무언가를 얻을 수는 없었다. 이대로 돌아가면 똑같은 문제에 봉착할 뿐이라는 생각이 들었다. 그 고민의 시간은 다시 겪고 싶지 않을 만큼 힘겨웠기에 나는 고민을 해결할 답을 주기 바라며 그녀들에게 메일을 보냈다.

세상에는 별만큼, 아니 모래만큼이나 플로리스트가 많아요. 하지만 나는 그 별 중의 하나가 되고 싶지도 않고, 모래 중에 한 알을 더하고 싶지도 않아요.

그렇다고 누군가가 나를 쉽게 복사해서 붙여넣을 수 있게 되는 것도 원치 않아요. 하지만 그러기 너무 쉬운 세상이죠. 나는 어떤 플로리스트가 되어야 하죠?

며칠 후, 답이 왔다.

나도 오랫동안 그런 고민을 했어.
영국은, 특히 런던은 훨씬 더 경쟁이 심한 곳이야. 정말 많은 꽃집과 너무나 훌륭한 플로리스트들이 있어.

꽃은 언제나 스스로 아름다워서 그걸 만지는 사람이 내가 아니어도 될 것 같지만 끝에는 네가 있어. 너보다 더 잘하는 사람, 너의 것을 따라 하는 사람은 언제나 있을 거야. 그러니 그냥 네가 원하고 너를 즐겁게 하는 꽃을 해. 너를 흥분시키고 움직이게 하는 것이 무엇인지 집중해봐.

특별한 솔루션 따위는 없는, 어찌 보면 평범한 답변. 아니, 시시하기까지한 답변이었다.

나는 이 해답 없는 메시지와 고민을 마음 저편으로 미뤄 둔 채 매일 같이 쏟아져 나오는 경쟁자와 나를 압도하는 천재들 사이에서 나 자신을 비교하며 수없이 주눅 들고 상처받았다. 그리고 일 년 만에 꽃시장에 다시 돌아온 포피를 만났다. 한동안은 못생기고 징그러운 껍질 속에 갇혀있어야 하는 꽃을.

나를 가두고 있던 고민은 아무리 생각해도 해답을 주지 않았다. 나는 꽃이 가진 가장 예쁜 얼굴을 관찰하고 시간이 필요하면 조금 더 기다려 주고 가지를 늘어뜨리고 싶어 하는 방향을 찾아 원하는 대로 해주기로 했다. 마치 꽃들과 대화를 나누는 것처럼 즐겁고 행복한 기분이 들었다. 그동안 한 번도 들으려 노력한 적 없었던 꽃들이 하는 이야기가 들리는 순간, 무언가 툭 하고 내 앞에 터진 것처럼 깜깜한 마음이 밝아졌다. 다른 사람과 다르고 싶고, 다른 사람보다 잘하고 싶다는 고민을 내려놓고 그냥 꽃을 즐기겠다고 생각하지 거짓말처럼 모든 것이 해결됐다.

꽃은 나를 행복하게 만들어준다. 잘해야 한다는 강박에

서 벗어나 내가 진짜로 좋아하는 것을 즐기기로 마음먹었다. 이 다짐을 종종 잊어 다시 고민에 휩싸일 때도 있지만 4월의 포피를 만날 때만큼은 다시 기억해 낸다.

인생은 어디에서
터질지 모르는 일

5월, 스위트피

'향기가 달콤한 꽃 중에 가장 먼저 떠오르는 꽃은?'

이런 질문을 던지면 다양한 답이 나올 것이다. 많은 사람이 아름다운 생김새 때문에 꽃을 즐기기도 하지만, 어떤 사람들은 기분 좋은 향기를 즐기기 위해 꽃을 사기도 한다. 꽃 향기는 대체로 황홀하고 달콤하지만 나는 스위트피의 향을 좋아한다.

달콤한 콩이라는 매우 심플한 뜻의 이름을 가진 스위트 피Sweet pea는 사실 달콤한 맛으로 먹는 콩이 아니라 달콤한 향을 가지고 있는 매력적인 꽃이다. 씨앗은 조금 작은 완두콩 모양처럼 생겼고 콩과의 식물인 만큼 줄기에 귀여운 덩

굴손도 있고 키도 금방금방 자라난다. 작고 앙증맞은 꽃은 얇은 플레어스커트처럼 생겼고, 물결이 치는 듯 섬세하고 작은 꽃망울들이 줄기 끝에 조르륵 달려있다. 색도 정말 다양한데, 진한 색이든 연한 색이든 꽃잎이 반투명에 가깝고 굽슬굽슬한 주름이 잡혀있어 마치 살랑살랑 춤을 추는 것처럼 보인다. 춤추는 것 같은 모양 때문인지 가만히 들여다보고 있으면 왠지 스위트피의 달콤한 향기가 주변으로 퍼지는 것처럼 느껴진다.

스위트피는 철저히 관상용으로 개량된 꽃이다. 이름은 콩이지만 식용으로는 금지되어 있다. 사람도, 동물도 먹으면 탈이 난다. 가끔 꽃만을 위해 여러 차례 변신을 거듭해 키워진 스위트피를 볼 때면 한 번씩 이질적인 느낌을 받곤 한다. 콩에서 시작되었지만 더 이상 콩이 아닌 콩.

나는 선택의 순간마다 내 마음이 원하는 방향을 따랐다. 초중고등학교에서 가르치지 않는 과목을 배우고 싶다는 이유로 심리학과에 진학했고 공부 자체보다 심리학도로서의 대학 생활을 즐겼다. 과 동기들을 제외한 주변 사람들이 내가 인간의 마음을 쉽게 읽을 수 있다고 착각해 주었기 때문이다. 심리학 개론 시간에 주위들은 단어 몇 마디면 충분했다. 하지만 취업 준비를 시작했을 때 나는 대학원에 진학하지 않는 한 심리학과라는 타이틀로 들어갈 수 있는 회사가 제한적이라는 사실을 깨달았다. 그래서 '누구보다 소비자의 마음을 더 잘 알 수 있다'고 주장하며 광고와 홍보 쪽으로 일을 구했다.

그 후로 몇 년간 식품회사의 광고 관련 일을 하며 음료와 디저트를 홍보하고 마케팅하는 일에 열중했다. 평생 그 일에 정착할 줄 알았기에 업무에 도움이 될만한 것들을 모조리 배웠다. 연구원도 아니면서 제과제빵 학원에 다니고 바리스타 학원도 다녔다. 패키지 디자이너도 아니면서 회의 때 한마디라도 알아듣기 위해 웹디자인 학원을 등록했고, 편집 디자인 공부도 했다. 이미지가 필요해 좋은 카메라를 샀고 사진을 배웠다. 마케팅에 스토리가 도입되는 시기였기에 스토리텔링 수업을 받았고, 맡고 있는 브랜드의 SNS도 운영했다. 스스로 발전하기 위해서였지만 계속되는 업무에 스트레스가 쌓였다. 나만의 힐링법을 찾다가 꽃을 배우기 시작했다. 행복했다.

어느새 나는 많은 것들을 할 줄 아는 사람이 되었고 그동안 배운 것들을 한데 모아 보여줄 수 있는 카페를 열었다. 그 와중에 꽃에 관한 관심이 향기에 관한 관심으로도 옮겨져 조향사 공부를 시작했다. 그리고 만든 것을 예쁘게 포장해 팔기 위해 패키징 수업을 찾아다녔다. 나는 모든 것의 전문가인 것 같기도 했고, 순간의 흥미를 쫓는 유목민 같기도 했다.

꽃으로 장식한 공간에서 꽃을 판매하고 내가 구운 빵과 갓 내린 커피를 팔았다. 꽃을 좋아해서 찾아온 사람들에게 꽃을 가르쳤다. 이상하게도 내가 시작한 모든 것들은 서로 아무런 상관이 없는 듯하면서도 끊임없이 나를 두드렸고 다음에 해야 할 일의 문을 열어주었다.

나는 무언가를 시작해야 하는 지점들에서 잠시 고민하다가 결국엔 받아들였다. 고민의 지점에는 항상 '일관성'과 '지속성'에 대한 묘한 죄책감 같은 것이 있었다. 내가 너무 인내심이 없나? 어떻게든 무엇이 되었든지 간에 한번 시작한 일은 끝까지 해보아야 하는 건 아닐까? 나는 왜 또 다른 것에 흥미를 느끼지?

뭐든 시작한 것은 끝까지 해보고 포기하는 것이 삶에 대한 진실한 자세라던데, 내 인생의 키는 작은 관심과 흥미에 너무 자주 방향을 틀고 있는 것은 아닐까.

꽃시장과 꽃집에서 만나는 꽃 중 과거 들판에서 피어나던 시초의 모습 그대로를 간직하고 있는 꽃은 거의 없다. 사람들의 사랑을 받지 못한다는 이유로 정원에서 사라지고 점차 잊힌 꽃도 무수히 많다. 인기가 있는 꽃들 역시 개량에 개량을 거듭해 매일 새로운 종으로 다시 태어나고 있다. 본래 없었던 색이 추가되는 것은 기본이고, 한 겹이었던 꽃잎이 겹겹으로 더 풍성해진다거나 꽃송이의 크기가 커지거나 작아지고, 향기가 좋은 꽃은 더 진한 향기를 갖게 된다. 단순히 겉모습의 아름다움만을 추구하는 것이 아니라 병충해에 잘 견디는 것, 더 많은 꽃을 피워 튼튼한 종자를 맺는 것, 외래종이라면 본래의 원산지와는 다른 척박한 기후에서도 견뎌낼 수 있는 것과 같이 환경의 변화에 맞춰 생존의 확률을 높이는 것도 추가된다. 그 결과 어떤 꽃들은 예전의 원래 모습은 상상하지 못할 만큼 다른 모습으로 바뀌기도 했다.

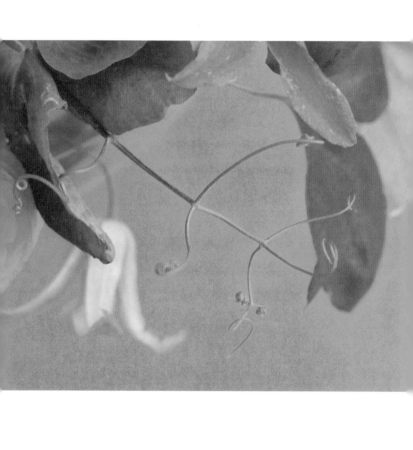

완두콩의 한 종류에서 시작됐지만 스위트피의 콩은 아무도 먹지 않는다. 그 대신에 스위트피는 꽃시장에서 몸값이 꽤 나가는 인기 있는 꽃이 되었다. 비싼 값을 치르고 콩 줄기를 사면서 콩이 얼마나 열렸는지, 얼마나 맛있는지에는 아무도 관심이 없다. 꽃잎의 아름다운 주름 무늬와 달콤한 향기와 우아한 줄기의 곡선을 더 중요하게 여긴다. 먹을 수 없는 콩이 되었어도 지금의 스위트피는 완두콩은 넘볼 수도 없을 만큼의 가격에 거래되며 수많은 플로리스트의 사랑을 받고 있다.

그래, 그렇게 생각하면 그깟 일관성과 지속성을 따르지 않는 것이 뭐가 그렇게 대수겠냐 싶다. 인생은 모르는 거니까. 어디에서 터질지. 방향을 트는 건 문제가 되지 않는다. 그 순간순간 나에게 가장 옳은 선택을 했다면 말이다.

온갖 것에 관심을 기울이던 날라리 마케터에서 변방의 플로리스트로 변신한 지금, 그동안 쌓아왔던 모든 경험과 배움을 모두 꽃에게 올인하고 있는 중이다. 거쳐간 수많은 것 중 나를 가장 행복하게 해주었기 때문이다.

손의 감각, 색채에 대한 이해, 영감을 주는 향기, 디자인의 비주얼라이징, 마케팅적 기술까지. 그 모든 것이 플로리스트로서의 나의 차별성에 도움이 되었다면 그간의 방황은 의미 있는 것이라고 할 수 있지 않을까?

조팝나무
Spirea

꽃말: 헛수고, 하찮은 일, 노력하다

조팝나무의 꽃은 억센 겨울을 지나년 찾아오는 봄 특유의 여린 선을 가졌다. 빠르면 1월 초 중순부터 꽃시장에 나타나지만 이때는 값도 비싸고 꽃의 상태도 그렇게 만족스럽지 않다. 제철보다 너무 앞서 나온 탓이다. 이때 나는 '조금만 더 조금만 더…' 하면서 허벅지를 꼬집으며 기다린다.

겨울을 떠나보내고 한낮의 햇빛에 봄이 슬쩍 묻어나는

때가 진짜 조팝나무의 철이라고 할 수 있다. 점처럼 작고 동그란 꽃잎이 손으로 뜬 레이스처럼 입체감 있게 몽글몽글 달려있어 어떤 꽃과 함께 꽂아도 레이스 베일을 덮어 놓은 것처럼 잘 어울린다. 진한 색의 꽃과 함께 꽂으면 강렬한 느낌을 살짝 풀어주고 연한 색의 꽃과 함께 꽂으면 여성스러운 느낌이 강해진다.

'조팝'이라는 이름은 곡식 중 하나인 조로 지은 밥처럼 생겼다 하여 '조밥'에서 유래했다. 참고로 가로수로 종종 보이는 이팝나무는 꽃잎이 조금 더 길쭉해 쌀알처럼 생겨서 '이밥'이라고 불리다가 이팝이 되었다고 한다. 조팝의 줄기는 가늘고 선이 예뻐서 절화(뿌리가 잘린 꽃)로 사용되지만 바닥에 깔리듯 낮게 자라나는 조팝에 비해 이팝은 벚나무와 비슷한 크기의 우람한 나무로 자라기 때문에 절화로는 잘 사용되지 않는다. 벚꽃은 초봄에 피고 지지만 이팝은 벚꽃이 지고 난 뒤 늦봄, 초여름에 개화한다.

보통 꽃들은 수명이 다했을 때 끝이 마르고 쭈그러들면서 꽃잎을 떨구는데 조팝은 보슬보슬하게 작고 하얀 꽃잎을 눈꽃처럼 우수수 떨어트린다. 가벼운 꽃잎이 눈발 흩날리는 것처럼 차르르 떨어지는 것이 아주 로맨틱하지만 조금만 풀썩거려도 떨어진 작은 꽃잎이 이리저리 흩어져서 청소할 때 조금 귀찮다. 그래서 내가 뽑은 '엄마가 싫어하는 꽃 베스트 5' 안에 든다. 엄마는 조팝을 보면 예쁨을 느끼기도 전에 '어유, 이 청소하기 힘든 꽃 좀 그만 사라!'고 한다. 해결책으로는 모든 꽃잎이 다 떨어질 때까지 아예 건드리지 않고 두었다가 한꺼번에 쓸어버리거나 다 시들기 전에 처분하는 것이다. 나는 전자를 더 선호한다.

사람들이 잘 구분하지 못하는 비슷한 느낌의 꽃으로는 설유화가 있다. 조팝나무와 설유나무의 관계는 형제쯤 되는데 설유화의 또 다른 이름이 바로 '가는 조팝나무'다. 둘은 아주 비슷하게 생겼지만 조팝나무의 꽃이 작은 덩이리처럼 동글몽글하게 피어있다면 설유화는 한 송이 한 송이가 따로 떨어져 핀다. 청순하고, 아련하고, 조금은 외로운 느낌을 원한다면 설유화를, 청순하지만 외로움이 아닌 둥글고 발랄한 느낌을 주고 싶다면 조팝나무를 추천한다.

수선화

Narcissus / Daffodil

꽃말: 자기 사랑, 자존심, 신비, 고결

수선화는 산뜻한 노란색으로 봄에 잘 어울리는 봄꽃이지만 꽃시장에 나오는 시기는 겨울이다. 수선화는 꽃에 담긴 전설이 유명한데, 오랫동안 전해 내려오는 이야기의 주인공인 꽃은 그들이 가진 명성에 비해 사람들에게 인기가 없다. 다들 그 꽃을 이미 잘 알고 있다고 착각하기 때문이다. TV에 나오는 중견 탤런트를 길에서 만나면 친근하게 느끼는 것과 비슷한 감정이다. 개인적인 친분도 없고 잘 알지도 못하지만 왠지 아는 사람 같은 그런 느낌적인 느낌!

지금 당장 눈을 감고 머릿속으로 수선화를 그려 보자. 노란빛은 떠오르겠지만 선뜻 그리기는 쉽지 않을 것이다.

자기애로 유명한 '나르시시즘'을 탄생시킨 수선화는 아리따운 나르키소스가 죽은 자리에서 태어났다는 엄청난 전설을 가진 꽃 치고는 크기도 작고 화형도 수수하다. 내가 수선화를 다시 보게 된 것은 '향기' 때문이었다.

수선화는 진득하면서도 은은하고 고급스러운 향이 난다. 알싸한 향 때문에 호불호가 나뉘는 히아신스보다 호불호가 덜할 것 같다. 한 다발의 수선화를 길쭉한 직선의 화병에 담아 두면 방 안 가득 은은하게 꽃향기가 퍼진다. 아주 무겁지는 않지만 한없이 가볍지도 않은 그런 향이다.

봄이면 화원에서 화분째로 들여오는 수선화는 꽃이 아주 작은 품종이다. 절화는 분화(화분에 심어놓은 꽃)보다 조그마한 것부터 큼직한 것까지 종류가 다양하게 나오기 때문에 수선화의 계절이 되면 절화로 한 단 사보기를 권한다. 꽃망울이 작은 것은 댕알댕알한 것이 아주 귀엽고, 큼직한 것은 트롬 본처럼 듬직한 느낌이다.

나는 부화관(꽃잎과 수술사이에 꽃잎처럼 생긴 작은 부분)과 꽃 잎의 색이 다른 수선화를 좋아하는데 그중에서도 오렌지색 과 하얀색이 조화롭게 이루어진 것을 제일 좋아한다. 가만 히 들여다보고 있으면 그 안에서 금방이라도 '뿌우' 하는 나 팔소리가 울려 퍼질 것 같아 재미있다. 그렇게 수선화의 향 과 색, 그리고 예쁜 얼굴을 즐기고 있자면 내가 아주 잘 알고 있다고 믿었던 것이 얼마나 표면적인 것이었는지 깨닫게 된 다. 그리고 지레짐작으로 얼마나 많은 인생의 즐거움을 놓 쳤을까 하는 생각도 든다.

아, 수선화를 즐길 때 꼭 기억해야 할 것 하나 더 있다.

수선화는 잘라낸 줄기 끝에서 끈끈한 진액이 나오는 꽃 이다. 다른 꽃과 함께 꽂으면 그 진액이 다른 꽃의 수명에 영 향을 미칠 수 있다. 수선화끼리만 따로 꽂아두거나 따로 물 에 꽂아두었다가 진액이 좀 빠지고 나서 다른 꽃들과 함께 꽂는 것이 오래 볼 수 있는 비결이다. 하지만 길이를 다듬는 다고 자르면 진액이 또 나오기 때문에, 길이를 미리 결정해서 자른 뒤 진액을 빼내고 바로 사용해야 한다. 수선화가 나르시시즘의 결정체라는 걸 생각한다면, 굳이 이렇게 귀찮은 과정을 거칠 필요 없이 수선화만 홀로 두고 감상하는 것이 맞는 것일지도 모르겠다.

미니 델피니움
Spray Delphinium

꽃말: 당신은 왜 나를 싫어합니까, 당신을 행복하게 해줄게요,
변하기 쉽다, 거만, 청명

드라마에 어떤 꽃이 등장하면 그 시즌 동안은 사람들이 그
꽃을 찾는다. 드라마 〈도깨비〉에서 도깨비가 도깨비 신부의
졸업식 꽃다발로 목화 꽃다발을 주는 장면이 방영된 이후,
그해 겨울부터 몇 년간, 겨울 졸업식에는 목화가 인기였다.
드라마 〈동백꽃 필 무렵〉 이후에는 사람들이 잘 찾지 않던
물망초를 찾거나 알아보는 사람이 늘었다.

나는 드라마를 볼 때 주인공이 꽃을 들고 나오면 자세히 본다. 흔한 장미 꽃다발 같은 것이 아니라 특별히 주문해야 하는 흔치 않은 종류의 꽃은 유심히 보고 기억했다가 꽃말을 찾아보곤 한다. 작가가 특정한 꽃을 의도를 가지고 사용한 느낌이 들기 때문이다. 그 꽃을 선물한 인물과 받은 인물 사이의 스토리가 꽃말과 비슷하게 흐르는 경우를 꽤 많이 봤다. 작가가 숨겨놓은 일종의 복선 같은 것인데, 직업 특성상 짧게 스치듯 나오는 꽃도 금방 알아볼 수 있기 때문에 나는 작가가 꽃 안에 숨겨둔 이야기를 잘 알아보는 편이다.

드라마 〈미스터 션샤인〉의 여자 주인공, 고애신의 정혼자 김희성이 첫 등장 신에서 선물로 들고 나타난 미니 델피니움도 그중 하나였다. 드라마에서 김희성은 하늘거리는 미니 델피니움 한 다발을 들고 설레하며 고애신을 찾아가 오랜 부재 끝에 돌아왔다는 인사를 건넨다. 미니 델피니움의 꽃말 중에 '당신은 왜 나를 싫어하나요'와 '당신을 행복하게 해줄게요'가 있다. 그래서 나는 이 둘의 관계는 짝사랑이고 중요한 순간 한 사람이 짝사랑 상대를 위해 희생하는 새드엔딩을 맞이하게 될 거라고 예상했다. 게다가 그 신에서 사용된 미니 델피니움은 푸른빛이 도는 하늘색이었다. 로맨틱한 분홍색도 있고, 깔끔한 하얀색도 있는데 푸른색이라니, 그 신은 비극의 서막이라고 해도 과장이 아닐 터였다.

주로 꽃 이름 앞에 '미니' 또는 '스프레이'라는 단어가 붙으면 원래의 꽃(주로 스탠다드라고 분류하는)을 작게 개량한 것이다. 미니 델피니움은 델피니움을 작게 만든 것인데 스탠다드 델피니움이 꽤 길쭉하고 큼직한 꽃이라면 미니 델피니움은 훨씬 여리여리하고 투명감이 높은 꽃이다. 바라보고 있으면 아무도 모르게 애달픈 짝사랑을 하는 것처럼 보인다.

꽃을 알면 이렇게 평소에 보이지 않던 세상이 한결 더 섬세하게 보인다. 꽃을 바라보면서 건조해지기란 쉽지 않다. 감정도 그런 것 같다. 나도 모르게 잘 모르는 것을 안다고 쉽게 재단하고 판단하지 않았을까. 꽃을 들여다보듯 세상과 내 안의 감정을 섬세하게 들여다본다.

캄파눌라
Bellflower

꽃말: 따뜻한 사랑, 상냥한 사랑, 변치 않음, 만족, 감사

종꽃 또는 초롱꽃이라고 불리는 캄파눌라는 이름처럼 작은 종을 엎어 놓은 듯한 모양이다. 나는 캄파눌라가 요정의 고 깔모자 같다고 종종 생각한다. 끝이 뾰족하지 않고 동그스름한 고깔모자. 작고 가벼운 요정이 아니라 오동통하고 주머니가 언제나 꽉 차있는 성격 좋은 요정이 쓸 것 같은 고깔 모양이다. 캄파눌라를 탱글탱글하고 귀여운 고깔 모양으로

만들려면 컨디셔닝 작업이 필요하다.

꽃시장에서 판매되는 꽃들은 꽃집의 꽃들처럼 깔끔하고 잘 정돈된 모습으로 투명한 물병에 꽂힌 채 얌전히 손님을 기다리지 않는다. 보통은 사람들이 정신없이 돌아다니는 통로 쪽으로 얼굴을 향한 채 뉘어져 짐짝처럼 차곡차곡 쌓여 있다. 아주 값비싼 꽃이나 물에서 빼면 바로 상해버릴 정도로 상태가 안 좋은 꽃이 아니라면 보통은 물에 꽂아두지 않고 유통한다. 그래서 꽃들은 농장에서부터 경매장, 경매장에서 꽃시장, 꽃시장에서 소매상인, 꽃집에서 최종 소비자에게까지 오는 동안 물을 먹을 기회가 거의 없다.

물을 오래 굶은 꽃시장에 있는 꽃의 첫인상은 생각보다 '생생'하지 않다. 농장에서 막 시장으로 온 꽃이라도 적절한 처치를 하지 않은 채 물 밖에 나와 있으면 생생한 느낌을 금세 잃어버린다. 플로리스트들은 유통과정에서 생생함을 잃은 꽃의 생기를 찾아 주기 위해 '컨디셔닝'이라는 과정을 거치는데 이 과정을 적절히 거친 꽃들은 아닌 것들과 비교해 수명이 크게 늘어난다. 집에서 가장 쉽게 할 수 있는 컨디셔닝 방법은 필요 없는 가지와 잎을 모두 깔끔하게 제거한 뒤

말라버린 줄기 끝을 2~3센티미터 정도 사선으로 자르고 바로 깨끗한 물이 가득찬 물통에 넣는 것이다. 그리고 너무 덥거나 춥지 않은 곳, 서늘하고 환기와 통풍이 잘되는 곳에서 한동안 휴식을 취할 수 있도록 한다.

특히 캄파눌라는 물을 먹지 못하면 탱글한 고깔 모양의 꽃이 찌그러지거나 쭈글쭈글해진다. 아직 피지 않은 꽃봉오리도 구겨놓은 종이처럼 구깃구깃하게 말린다. 그래서 피지 않은 봉오리가 많이 달린 캄파눌라는 오히려 초라해 보이기까지 한다. 하지만 줄기 끝을 자른 뒤 깨끗한 물을 먹이고 서늘한 곳에서 잠시 휴식을 시키는 것만으로도 볼품없는 캄파눌라를 원상 복구시킬 수 있다. 적절한 컨디셔닝을 하고 하룻밤만 있다가 꺼내어보면 금세 주름을 팡 펴고 활짝 웃는다. 꽃잎을 손가락으로 살짝 눌러보면 밀어내는 힘이 느껴질 정도로 탱탱하게 꽃잎에 물이 차 올라있다.

꽃시장에서 쭈글거리는 못난 캄파눌라를 만났을 때, 사장님이 '물 먹이면 살아나'라고 한다면 한두 송이가 시든 것처럼 보여도 망설임 없이 집어 들어도 된다. 캄파눌라는 위

아래로 조르륵 달린 종 모양의 꽃송이들이 밑에서부터 하나씩 모두 다 피어나는 꽃이기 때문에 먼저 피어난 꽃이 먼저 시들면 아래부터 하나씩 떼어내 주면 된다. 잘 관리해 주면 모든 꽃이 다 피어나는 것도 볼 수 있다.

냉이
Shepherd's Purse

꽃말: 봄색시, 당신에게 나의 모든 것을 드립니다

꽃시장에서 사온 꽃을 보고 엄마가 놀라는 경우가 종종 있다. 그 꽃이 너무 예뻐서도 아니고, 너무 신기하게 생겨서도 아니다. 엄마가 놀라는 이유는 내가 그것을 '사왔기' 때문이다. 냉이를 사 갔을 때 엄마는 '이거 냉이 맞지? 이런 것도 돈 받고 팔아?'라고 물었다. 이 의문이 가득한 말을 들은 후에도 나는 냉이를 자주 샀다.

꽃시장에서 만나는 냉이는 우리가 나물로도 무쳐 먹고 된장국에 넣고 끓여 먹는 냉이보다 키가 크고 여리게 생겼다. 줄기가 너무 여려서 다듬을 때 자꾸 꺾이고 다듬어야 할 잎도 많아서 아주 귀찮지만, 꽃다발에 넣는 순간 '청순모드'를 장착할 수 있게 해주는 치트키이기 때문에 포기할 수가 없다.

보통 꽃다발을 만들 때는 꽃만 가지고 만드는 것이 아니라 '소재'라고 불리는 잎과 가지류를 함께 섞어서 만든다. 꽃과 꽃 사이를 채워주고 연결해주어 자연스럽게 보이게 해준다. 왜 녹색을 넣는 것이 '자연스러움'을 살아나게 하느냐 하면, 빨간 꽃도 노란꽃도 파란꽃도 모두 녹색의 줄기와 이파리를 가지고 있기 때문이다. 색채의 세계는 잘 모르지만 꽃의 세계에서 어떤 색의 꽃이든 상관없이 어울리는 단 하나의 색을 꼽으라면 단연코 '녹색'이다. 그다음은 나무의 '갈색'. 이 둘은 어떤 꽃과 있어도 잘 어울린다.

하지만 같은 녹색이어도 모든 꽃과 어울린다고 할 순 없다. 봄꽃들은 짙은 컬러의 녹색 소재가 어울리지 않는다. 봄의 나무를 떠올려 보라. 봄의 꽃나무들은 잎이 많지 않거나 이제 막 새순, 새싹이 조금씩 솟아나고 있다. 햇빛을 듬뿍 받는 여름이 되면 색이 푸르게 짙어지는 이파리들도, 해가 길지 않아 광합성 할 수 있는 시간이 짧은 봄에는 대체로 연한 노랑이 섞인 연두색을 띤다.

그래서 봄꽃에 녹색의 '소재'를 넣을 때는 같은 녹색계열이라도 더 여리고, 연한 녹색의 것들을 찾아서 넣는다. 앞서 소개한 조팝나무는 잎이 거의 없어 흰색의 꽃을 가진 나무여서 봄과 잘 어울렸다면 냉이는 새싹 느낌의 녹색이라 잘 어울린다. 봄 느낌을 헤치지 않으면서 봄꽃과 어울리는 소재가 고민이라면 냉이는 아주 좋은 재료다. 물꽂이로 보면서 천천히 잘 말리면 가을쯤엔 훌륭한 드라이플라워로 활용할 수 있다.

여러분은 이제 산뜻한 기분으로 나온 봄 산책길이나 공원의 구석이나 공터에 무심하게 무리 지어 핀 냉이를 쉽게 발견하게 될 것이다. 길을 걸으면서 무심코 지나쳤던 냉이를 보고 된장국 뿐만 아니라 봄꽃도 떠올릴 수 있게 된 것을 축하해본다.

2부

풀어져도 괜찮은 계절

여름

세상 모든 사람이 휴가를 떠나는 계절 여름, 모두 어딘가 조금씩 나사가 빠진 것 같고 '더워죽겠다'는 말을 입에 달고 산다. 문을 열고 나가면서도 더워죽겠다, 들어오면서도 더워죽겠다고 한다. 너무 더울 때는 꽃들도 꽃을 피우지 못한다. 꽃시장의 꽃도 다양하지 않아 꽃구경하는 재미도 덜하다.

곰은 겨울에 동면에 들어가지만 나는 여름이 되면 동면에 빠지는 것 같다. 모두가 휴가를 떠난 마당에 굳이 부지런할 필요가 있나 싶고, 뭐가 늦거나 늦춰져도 큰일 난 것처럼 느껴지지 않는다. 어차피 나 혼자 다급한 메일을 보내도 담당자는 대부분 휴가 중이다. '이렇게 프로페셔널 하지 못하다니!' 말하는 사람도 그다음 주 여름휴가를 떠날 것이라 혀만 끌끌 차고 기다린다. 온 세상 시계가 다 고장 난 것 같다. 아니, 녹아버린 것 같다. 단순히 해가 길어졌을 뿐인데 하루 24시간이 28시간쯤 된 것 같은 기분이 든다. 길어진 낮만큼 더위도 길어지고 하루도 길어지고 그렇게 여름이 지겨워진

다. 주변 사람들이 모두 떠들썩하게 여름 휴가를 가고, 다시 돌아와 자리를 채워도 여름은 끝나지 않는다.

이런 여름에 나오는 야생화는 이름이 참 재미있다. 매의 발톱을 닮은 꽃잎이 달려서 매발톱, 줄기 마디가 꿩의 다리처럼 생겨서 금꿩의 다리, 뿌리에서 노루 오줌 냄새가 난다고 해서 노루 오줌 등 초등학교 때 친구들 별명을 붙여줄 때처럼 생각나는 대로 그냥 막 가져다 붙인 것 같은 이름이다. 다소 성의 없어 보이는 이름은 아마 여름에 피는 꽃이라 그런 것 아닐까 싶다. 더워 죽겠는데 그냥 보이는 대로 부르지 뭐. 무슨 상관이야, 더워 죽겠는데. 이런 마음이 아닐까.

언젠가 기억나지 않는 여름에 '진지충'이냐는 소리를 들었다. 그 얘기에 마음이 상해서 진지하게 왜 진지충이냐고 물었다가 진짜 진지충이라는 비웃음을 샀다. '내가 왜 진지충이냐', '그렇게 정색하는 게 바로 진지충이다'라며 서로 진지하게 언쟁을 벌였던 기억이 난다. 지금 생각하면 쓸데없이 진지했고, 부지런했다. 그냥 그런가 보다 했어도 됐을 텐데.

매발톱은 꽃잎이 매의 발톱을 닮았지만 또 어찌 보면 엘

프의 고깔모자 같기도 하다. 꿩의 다리가 어떻게 생겼는지 모르는 내 눈에 금꿩의 다리는 부드러운 연보라색 미스트를 뿌려 놓은 것처럼 아스라이 아름답다. 꽃시장에서만 보기 때문에 뿌리 냄새까지는 맡아본 적 없는 노루오줌(아스틸베)은 뾰족한 솜사탕처럼 생겨서 커다란 꽃 사이사이에 끼워 꽃다발을 만들면 포슬포슬하니 잘 어울린다.

이 웃기는 이름의 꽃들은 주로 여름의 산에 가면 흔히 볼 수 있다. 어느 무더운 여름날 산을 오르다 이 꽃들을 발견하고 처음 이름을 붙여주던 나무꾼을 생각해 봤다. 등에 진 나무지게도 무거워 죽겠는데 저 꽃들은 다 뭐람. 나는 힘든데 팔자 좋아 보이는 저 꽃들!

"에라이 매발톱이나 되라. 너는 꿩의 다리. 너는 그냥 오줌! 노루 오줌."

이런 상상을 하고는 피식 웃어버렸다.

한여름에도 진지한 삶을 사는 사람이 과연 있을까? 없을 거야. 그러니 바보같이 나사 빠진 듯 살아도 된다. 그냥 시원하게 대놓고 게을러지고, 기회가 있으면 슬쩍 할 일을 내일로 미뤄버려도 괜찮다. 부지런히 종종거려도 나갈 때 더워 죽겠고, 들어올 때 더워죽겠는 건 변하지 않는다. 아무도 진지하게 생각하지 않는다. 다음 주가 여름 휴가인데, 그 누가 진지해질 수 있단 말인가. 그 예쁜 얼굴을 하고도 발톱이니, 꿩이니, 오줌 소리를 들은 꽃들도 그냥 그러려니 하지 않나.

행복은
틈새에 있다

6월, 작약

ᵛ   ᵛᵛ   ᵛᵛ

6월은 한낮에는 여름이, 아침과 저녁에는 봄이 공존한다. 다가올 무더위에 대한 맛보기 예고편인 듯하여 약간 두렵기도 하지만 나는 비교적 6월을 좋아하는 편이다. 6월에는 작약의 가격이 내려간다. 그게 봄도, 여름도 아닌 애매한 계절 '6월을 좋아하는 편'이 된 이유다.

작약Peony은 '꽃의 여왕'이라는 닉네임을 가진 대표적인 꽃으로 유명하다. '여왕' 타이틀을 두고 누가 진짜 여왕인가 장미와 설전이 벌어질 수도 있지만 역사적 이유, 관련 설화, 대중적 인지도 등 부차적인 이유를 빼고 두 꽃이 얼굴로만 붙는다면 나는 작약이 완승할 것이라고 확신한다. 작약 여

왕님은 누가 뭐래도 생긴 것부터 딱 여왕처럼 생겼다. 만개한 작약의 얼굴을 가만히 들여다보고 있으면 압도된다는 것이 무엇인지 느낄 수 있다. 다른 사람의 힘에 의해 압도되는 기분은 썩 유쾌하지 않지만 꽃의 아름다움이 나를 완전히 사로잡는 기분은 그리 나쁘지 않다.

따뜻한 오후의 햇살이 들어오는 실내에서 작약 꽃다발을 만들다 보면 어느새 작약 봉오리들이 활짝 피어난다. 나 좀 보라는 듯 벌어지는 작약의 커다란 얼굴은 '내가 보는 게 진짜 꽃인가?' 하는 비현실적인 기분이 들게 하는데, 꽃잎의 가장 안쪽에서 찰랑거리는 꽃술들이 드러나기 시작하면 홀린 듯이 '너, 살아있구나'라는 말이 절로 나온다.

커다란 꽃송이와 화려한 화형, 그리고 짧은 시즌 덕에 작약은 다른 꽃들보다 비싼 편이다. 병충해가 많은 꽃이라 상품 가치가 있는 깨끗한 얼굴로 키우는 것도 어려워 보물처럼, 아이처럼 조심조심 다루고 키워야 하니 그야말로 '여왕' 같은 꽃이다.

꽃이란 것이 그렇다. 명확하게 손에 잡히는 아름다움의 결정체지만 인간의 육적인 조건으로 보면 아무런 쓸모가 없다. 먹을 수도 입을 수도 없다. 자연에 의해 빚어진 아름다움이 스스로 피어나고 서서히 사라지는 것을 온전히 지켜볼 수 있다는 것만이 꽃의 유일한 장점이다.

나는 그 아름다움에 매료되어 오랜 시간 헤어나오지 못하고 있지만 꽃시장에서 작약을 만나면 손을 떨면서 살지 말지를 두 번, 세 번 고민한다. 들었다 놨다를 반복하는 사이 망설임 없이 수십 단씩 싣고가는 다른 플로리스트를 부러운 눈으로 바라볼 때가 많다. 예산이 조금만 더 넉넉했다면, 지난달 매출이 조금만 더 여유로웠다면 하는 쓸데없는 비교에 우울해하기도 한다. 꽃과 함께 하는 게 행복해 꽃을 시작했으면서도 더 많이, 더 마음껏 사지 못해 우울해한다.

플로리스트는 늘 가성비를 생각해야 하는 직업이다. 마음으로는 순수한 아름다움만을 좇고 싶지만 내 삶은 언제나 땅에 붙어있다. 매월 꼬박꼬박 나가야 하는 직원 월급과 가게 임대료, 그리고 재료비와 생활비는 늘 현실을 상기시킨다. 천상계의 아름다움을 가진 것들에 둘러싸여 마음은 붕 뜨지만 내 발목은 언제나 지극히 현실적인 것들에 묶여 있다. 손님들은 예쁘면서 싼 꽃을 찾지만, 같은 종류의 꽃이라

도 조금 더 비싼 꽃이 조금 더 예쁘고 품질이 좋다. 가성비와 예술혼 사이에 낀 나는 곡예사처럼 균형의 지점을 찾아내야 한다.

작약이 끝물에 해당하는 6월, 특히 6월 초에서 중순에는 작약 가격이 쭉 내려간다. 그리고 그해 여름 더위가 조금 더 늦게 찾아온다면 작약의 계절은 일시적으로 조금 더 길어진다.

계절의 흐름에는 언제나 틈새가 있다. 촘촘한 듯 이어져 있는 시간의 흐름을 가만히 들여다보면 생각보다 많은 구멍이 있다. 가끔은 그것이 기회가 된다. 그래서 나는 봄과 여름의 경계, 계절의 벌어진 틈을 이용해 작약의 압도적인 아름다움을 가성비 있게 즐기기 위해 눈을 부릅뜨고 기다린다.

다른 꽃들보다 더 비싸고 수명은 훨씬 짧지만, 그래도 이 정도의 가격으로 이 정도의 아름다움은 충분히 즐길만하다고 생각되는 저울의 수평 지점이 6월 초 어디쯤인가 있는 것 같다. 계산기를 두드리며 고객들의 성향과 니즈를 파악하고 아름다움과 가성비의 저울을 오가는 내가 속물처럼 느껴질 때도 있지만 이 세상에 이런 저울 하나쯤 마음에 품고 사는 사람이 어디 나 하나뿐일까 생각해 본다.

이런 기회라도 있어서 얼마나 다행인가. 지금껏 작약이 무엇인지, 얼마나 아름다운지 모르고 살았던 누군가가 새로운 행복과 아름다움을 발견하게 된다면 이 정도의 속물적 번거로움은 얼마든지 감수할 만하다.

행복은 어디에나 있지만, 적극적으로 찾으려 노력하는 사람에게만 보인다고 한다. 그러나 쉽게 얻을 수 없는 것을 구하는 사람이 행복하지는 않을 것 같다.

그래서 행복은 '영역'을 가지고 있지 않은 건 아닐까 하는 생각이 든다. 여기가 아닌 어딘가, 내가 아직 도달하지 않은 영역에 존재하는 것이 아니라 내가 나누어 놓은 현실과 이상의 영역 틈바구니에 끼어 있는 것.

여기가 아닌 저기로 가야만 얻을 수 있다고 생각하지만, 영역을 가로질러 넘어가는 순간 신기루처럼 사라지는 것이다. 노력해도 행복을 찾지 못하는 건 행복이 있는 곳이 아니라 자꾸만 다른 곳으로 가려고 노력했기 때문일지도 모르겠다.

일 년에 딱 한 번, 약 일주일 정도 마음껏 누리는 작약의 행복은 어렵게 찾은 틈새에 있었기 때문에 더욱 황홀하고 기다려진다. 그건 마치 작약의 수명처럼 짧지만 폭죽처럼 강렬하다. '나 여기에 있었어!'라며 나타난 인생의 깜짝 선물처럼.

무기력에 대처하는
원색적인 자세

7월, 다알리아

더위가 시작되면 무기력증도 함께 시작된다. 더위와 추위에 강한 인간이 어디 있으랴마는, 나는 유독 여름과 겨울을 싫어한다. 특히 여름이 더 싫다. 겨울엔 억지로라도 몸을 움직이면 에너지가 생기는데 여름엔 움직이는 것 자체가 스트레스다. 게다가 여름에는 꽃의 수명이 눈에 띄게 짧아진다. 꽃을 사랑하는 사람이 꽃의 수명이 짧아지는 계절을 좋아할 수 있을까.

다알리아Dahlia는 멕시코라는 후텁지근한 나라를 고향으로 둔 꽃답게, 더위에 강한 편이라 개화 기간이 늦봄부터 늦가을까지로 꽤 길다. 종류도 아주 많다. 지금도 여러 화훼인

에 의해 종류가 끊임없이 늘어나고 있어 한마디로 꽃을 정
의하기 어렵지만, 다알리아는 기괴할 정도로 규칙적인 방사
형 꽃잎과 감당이 안 될 정도의 화려한 컬러와 커다란 얼굴
을 가지고 있다.

다알리아의 얼굴을 가만히 들여다보면 어느 한 곳 모나
거나 빠진 곳 없이 똑같은 크기와 간격으로 꽃잎의 배치가
반복된다. 아마도 질서정연한 것을 볼 때 마음이 편안해지
는 사람은 다알리아를 보는 순간 '참 마음에 든다'라고 말할
것이다. 어느 땐 컴퓨터 웹디자인 툴로 형태를 따놓은 것 같
아서 가만히 보고 있으면 신기하기도 하고 무섭기도 하다.

색도 너무 다양해서 나열할 수 없을 정도인데 은은한 색
보다는 멀리서 봐도 한눈에 보일 만큼 강렬하고 쨍한 색이
많다. 마치 남미의 화려한 미인이 한낮에 번쩍이는 스팽글
드레스를 입고 있는 것처럼. 크기는 또 얼마나 큰지. 다알리
아가 대체로 다 얼굴이 큰 편이긴 하지만 킹다알리아는 과장
하지 않고 크기가 아기 머리만 하다. 보는 순간 훅! 하고 숨
을 잠깐 멈추게 될 정도다. 그래서 이런 다알리아는 딱 한 송
이만 있어도 한 다발처럼 보인다.

왠지 다알리아의 설명이 다 장점 같은데 묘하게 깎아내리는 것처럼 느껴졌다면, 아주 정확하게 내 의도를 알아차렸다. 나에게 다알리아는 더럽게 예쁘지만 정말 손이 안 가는 꽃 중 하나다. 다른 모든 장점보다 짧은 수명이 나를 자꾸만 가로막는다. 다알리아의 줄기는 대나무처럼 속이 텅 비어있고, 중간중간 마디가 있어 내구성이 무척 약하다. 총 열 대의 다알리아를 사면 다듬다가 세 대쯤은 부러뜨리고 만다. 아무리 조심한다고 해도 그렇다. 게다가 이삼 일이면 수명을 다하고 어떤 다알리아는 두어 시간만 물 밖에 놓아두어도 속절없이 시들어 버린다. 반나절만 버티면 되는 웨딩 부케로 사용하는 것도 꺼려질 정도다.

아무리 예쁜 꽃이라도 수명이 너무 짧은 꽃은 판매할 때 죄책감을 느낀다. 일부러 시들라고 한 것은 아니지만 안 좋은 것을 속여서 파는 기분이 든다. 그래서 꽃시장에서 거의 사계절 내내 볼 수 있는 꽃 중 하나임에도 불구하고 잘 데려오지 않는다.

하지만 딱 7월, 출근과 함께 '에어컨 매일 가동 모드'에 돌입하고, 더위가 스멀스멀 위세를 펼치기 시작하는 시기.

매일 물 갈아주고 더위를 피해 자리를 옮겨주며 꽃을 상전처럼 모시는 게 귀찮아질 때, 여름의 무기력증이 나를 덮쳐올 때, 하루이틀 만에 자연사하는 다알리아는 의외의 해결책이 될 수도 있다. 빨리 시드는 다알리아를 보며 죄책감을 가질 필요가 없으니까.

게다가 여름 더위에는 다알리아의 과감한 컬러와 사이즈가 그다지 부담스럽게 느껴지지 않는다. 마치 다알리아의 모든 것은 여름을 위해 준비된 것 같다. 사실 아무것도 바뀌지 않고, 그저 더워졌을 뿐인데 평소엔 촌스러워 보이던 화려한 색의 조합이 오히려 시원스레 느껴진다.

인생 최고의 아이러니와 최고의 운은 '타이밍'에서 온다. 운명의 장난도, 인연의 엇갈림도, 새로운 시작도, 끝내야 하는 순간의 선택도. 타이밍이라는 얄궂은 장치는 나의 존재마저도 판단하는 것 같다.

어떤 이는 앞으로만 나아가는 것 같은데 나는 아무리 달려도 이 자리에 머무르는 것만 같다. 이 모든 게 내가 어떤 타이밍을 놓친 것처럼 느껴진다. 노력으로 극복할 수 없는 어떤 힘은 필연적으로 무기력을 불러올 수밖에 없다. 한여름 더위에 절어버린 사람처럼 손가락 하나조차 까딱하고 싶지 않다.

하지만 타이밍의 미스, 인생의 아이러니 앞에서는 할 수 있는 일도 많지 않다. 무기력을 극복하는 방법은 그냥 넘어가는 것뿐이다. 어떻게 해도 고칠 수 없는 것은 내버려두고 다음 타이밍이 올 때까지 기다려야 한다.

결국 인생은 플러스와 마이너스가 합쳐져 0으로 맞춰지는 것이란 생각이 든다. 타이밍은 단순한 시간의 흐름이 아니라 이 플러스와 마이너스를 적절히 유지하는 매우 신비한 우주적 장치인지 모른다.

다알리아의 부담스러운 컬러, 그에 비해 보잘것없는 내 구성과 생명력은 모두가 무기력해지는 여름에는 플러스가 된다. 다알리아가 변한 것이 아니라 그것을 둘러싼 상황의 변화가 다알리아의 마이너스를 채워주었다.

단순해지자. 어차피 날은 점점 더워질 테니. 속이 시끄러워 봤자 머릿속이 복잡해 봤자 손부채를 부치며 가슴팍의 옷을 펄럭펄럭하는 것밖엔 할 수 없다. 내가 왜 이러지 싶어도 아무것도 하고 싶지 않을 때는 그런 생각을 해봐도 괜찮

을 것 같다. 나는 지금 아무것도 하지 않는 게 아니라 그것이

최선이기 때문에 선택한 것이라고.

당신이 원하는 모습일 수 있는 곳,
그런 사람

8월, 수국

‍‍ᵛᵛ ᵛᵛ

너무 더워서 아무것도 하고 싶지 않던 어느 날, 화단에 심어

났던 수국이 녹색으로 변한 것을 발견했다. 처음에는 분명

분홍색이나 하늘색 꽃이 피었는데 몇 년이 지나 녹색 꽃을

피우는 수국이 되었다. 신기한 마음에 한동안 두고 보다가

잘라 들고 들어와 잘 보이는 곳에 꽂아두고 천천히 말려서

오랫동안 소중히 간직했다.

수국Hydrangea은 이름에 물 수水 자가 들어간 꽃인 만큼 물

을 아주 좋아한다. 그래서 물만 제때 듬뿍듬뿍 주면 까다롭

지 않게 키울 수 있다. 처음 그 수국을 들여왔던 여름, 한 달

가까이 탐스러운 꽃을 보여주더니 겨울이 되자 꽃도 지고

잎도 다 떨어져 말라죽은 것처럼 보였다. 그 후 방치하다시 피 밖에 두었음에도 홀로 한파를 잘 견뎌내고 다음 해 봄이 되자 파릇한 새싹을 부지런히 올려 여름에는 다시 화려한 꽃을 보여주었다.

우리가 수국의 '꽃'이라고 부르는 부분은 사실 꽃받침이 다. 자글자글 탐스럽게 모여 피는 수국의 귀여운 꽃받침은 땅의 성질에 따라 색을 바꾸는 특징이 있다. 콩 심은 데 콩 나고, 팥 심은 데 팥이 난다면 수국은 꽃받침의 색을 보고 땅 의 성질을 알 수 있다.

보통 수국은 산성의 땅에서는 푸른색을, 알칼리성의 땅 에서는 붉은색을 띠기 때문에 수국을 키우는 사람들은 수국 색으로 토양의 성질을 알기도 하고, 반대로 땅의 성질을 바 꿔 원하는 수국 색을 만들어내기도 한다. 그래서 키우는 재 미와 보는 재미가 있다. 본래 하늘색이었는지, 분홍색이었 는지 기억은 안 나지만 결국 녹색 꽃을 피운 것도 아마 땅의 성질이 변했기 때문일 것이다.

나는 살가운 성격은 아니다. 철벽도 잘치고, 톡톡 잘 쏘기도 한다. 너무 급하게 다가오는 인연이 있으면 한 발짝 물러나고, 기본적으로 다정다감하지 않다. 과도한 관심이 불편해 타인의 주목을 받는 자리는 잘 가지 않는다. 손님이 많이 와야 하는 플라워카페를 하면서도 손님이 북적거리는 날에는 '혼자 있고 싶은데'라는 웃기는 생각도 한다.

우리 집에는 '퇴근송'이라는 게 있다. 누구든 퇴근을 먼저 하는 사람이 늦게 들어오는 사람에게 불러주는 노래로, 가사는 주로 '너의 귀가를 너무나 기쁘게 받아들이며 아침에 헤어졌다가 다시 만나서 너무 행복하다'는 내용이다. 물론 작사와 작곡은 모두 내가 했다.

신혼 초 혼자 흥얼흥얼 말도 안 되는 가사에 말도 안 되는 음을 붙여 부르다가 그게 입에 붙고, 남편과 둘이 번갈아가며 불러주다 보니 누군가 퇴근을 하고 돌아오면 당연히 해야 하는 우리만의 의식이 되었다. 우리는 이 노래를 부르면서 춤도 춘다. 노래가 끝나면 꼭 안아주며 오늘 하루 수고했다고도 해준다. 이 유치하고 민망한 모습은 우리 둘 외에는 그 누구도 본 적 없고, 들은 적 없다. 누가 나에게 시켰다면 절대 하지 않을 행동이다. 남편을 제외한 누구도 알지 못

하는 모습이다.

출근하는 순간 나는 나를 알고 있는 많은 사람에게 익숙한 그 모습이 된다. 나는 가식을 떠는 것도, 연기하는 것도 아니다. '퇴근송'을 부르는 내 모습은 특정한 사람 앞에서만 발현된다. 세상의 많은 연인과 부부들은 서로의 이런 특별한 모습을 비밀스럽게 공유하고 있을 것이다. 몇십 년 지기 친구에겐 남사스러워서 말도 못 할, 회사 동료들은 상상도 못 할 나의 또 다른 모습.

사랑하는 사람과 있을 때 나오는 내 모습이 보통 때와 다른 건 크게 문제 되지 않는다. 그 모습이 남들이 보기에 토할 만큼 오글거리는 것도 상관없다. 혀가 반토막이 나면 또 어떤가. 그때의 내 모습이 자연스럽고 즐거울 수만 있다면. 나를 포장하거나 방어하기 위해 감추는 모습이 아니라면 말이다. 사랑하는 사람과 있는 것이 분명하다면 그와 있을 때의 내 모습이 불편하고 마음에 들지 않을 수 없다.

사랑이 우리에게 언제나 행복한 상황만 선물하는 건 아니지만 사랑하고 사랑받고 있는 것이 맞는지 알아볼 수 있는 힌트를 준다. 속으로는 답답해하면서도 겉으로는 인내심

많은 연인인지, 늘 불만이 가득하지만 속으로 삭이는 연인인지, 상대의 마음을 알면서도 모르는 척 속아주는 연인인지. 지금 관계에서 어떤 역할을 하고 있는지 살펴보자.

만약 그 안에서 마음이 불편한 어떤 역할을 하고 있다면 빨리 빠져나와야 한다. 사랑은 역할 부여하지 않는다. 당신에게 원하는 모습이 될 기회를 줄 뿐이다. 바보 같은 모습, 허술한 모습, 어린아이 같은 모습을 보여도 안정적인 관계에서는 방어할 필요가 없다. 타인 앞에서는 절대로 들키고 싶지 않았던 그 모습이 사랑하는 사람 앞에서는 적나라하게 드러나도 불안하지 않다. 그가 그것으로 나를 공격하거나 판단하지 않을 것을 알기 때문이다.

수국은 자신이 어디에 있느냐에 따라 색이 바뀐다. 그리고 수국은 푸른색 꽃이 마음에 들지 않는다고 해서 '난 사실 분홍이 되고 싶었어'라며 뚜벅뚜벅 걸어서 스스로 알카리성의 땅으로 옮겨갈 수는 없다. 하지만 사람은 다르다. 우리는 언제든, 어디로든 뚜벅뚜벅 걸어서 떠나갈 수 있다.

지금 옆에 있는 그 사람이 당신의 본래 색을 바꾸려 든다

면, 그리고 당신은 그 모습이 마음에 들지 않는다면 그곳에 계속 뿌리를 박은 채 머무를 필요가 없다.

사랑은 당신이 원하지 않는 것은 아무것도 강요하지 않는다. 언제나 핑크빛은 아니지만 내 행복과 내 마음의 평온을 헤치면서까지 나에게 변화를 요구하지는 않는다. 부디 당신이 원하는 모습일 수 있는 곳에서 그런 사람과 함께이길 바란다.

미국 자리공
Poke-berry

꽃말: 미인, 잴 수 없는 사랑

미국 자리공은 이름이 말해주듯, 우리나라가 아닌 북아메리카가 원산지인 식물이다. 산성이나 오염된 땅에서도 잘 자라기 때문에 초여름 산등성이를 오르다 보면 길가에 흔하게 피어있는 것을 볼 수 있다.

여름이 막 시작될 무렵에는 포도알이 하나도 없는 포도 가지에 작고 하얀 꽃이 듬성듬성 피어있다가, 여름이 깊어질수록 청포도 같은 알갱이로 바뀌고 가을이 오기 직전에는 검붉은 포도알 같은 열매로 탈바꿈한다. 아주 잘 익은 자리 공 열매는 동글동글한 '공벌레'를 닮아서 '자리공'이라고 불린다고 한다. 이때 열매를 슬쩍만 건드려도 톡 터지면서 포 도주 같은 과즙이 나온다. 어릴 때는 이걸 터뜨려서 손톱에 물을 들이며 놀았다는 이야기를 하는 어른도 있다. 토착 식 물은 아니지만 꽤 오랜 시간 우리 곁에 머물면서 어느새 어 린 시절의 추억을 공유하는 사이가 되었다.

미국 자리공은 산이나 길가에 있을 때 보다 꽃병에 꽂아 놓았을 때 훨씬 멋있다. 자리공은 잎이 별로 없고 줄기는 대 나무처럼 속이 비어있다. 쭉 뻗은 매끈한 주지에 여러 갈래 의 가지들이 둔각의 V자로 갈라져 있어서 온통 촘촘하고 풍 성한 신록이 짙은 여름 산에서 보면 보잘것없어 보인다. 하 지만 그대로 잘라와 이리저리로 뻗은 줄기의 방향을 잘 살 려 투명한 유리병에 꽂아놓으면 그렇게 시원해 보일 수 없 는, 딱 여름꽃이다.

나는 무엇을 더 하지 않아도 그대로 개성 있는 형태와 모 양을 한 꽃과 가지를 좋아하는데, 자리공이 딱 그렇다. 길쭉 한 가지는 이리저리 제멋대로 쭉쭉 뻗어 있지만 가지 끝에 오글오글 달린 무거운 열매가 줄기 끝을 아래로 끌어 내린다. 그 덕에 우아한 포물선으로 마무리되어서 어느 땐 재단도 없이 그냥 그대로 툭 꽂기만 해도 된다. 자연스럽게 찬사가 나온다.

익어가는 열매의 변화를 바라보며 숨 막히는 더위가 가을로, 흘러가는 것을 보는 것도 재미있다. 꽃시장에서 미국 자리공을 처음 마주치면 '아, 이제 여름이군'이라고 생각하고, 그다음으로 초록 열매가 맺히기 시작한 것이 나오면 '올해 여름도 잘 견뎌보자!'라고 주먹을 쥐게 된다. 몇 주 뒤 까맣게 익어가는 열매가 달린 것을 보면 '됐다, 이제 조금만 있으면 가을이다!'하고 한시름 놓는다.

플록스
Phlox

꽃말: 주의, 방심은 금물, 온화, 열정

꽃에게는 꽃시장에서 불리는 꽃이름이 따로 있다. 학명, 특정 지역이나 나라에서 불리는 이름이 아니라 시장 상인들이 사고팔면서 부르는 별명 같은 것이다. 본래의 이름이 길다면 짧게, 발음이 복잡하면 슬쩍 뭉갠다. 플록스는 긴 이름은 아니지만 Phlox의 Ph발음이 '후'로 바뀌면서 '후록스'라고 불린다.

후록스. 이로 입술을 슬쩍 튕기며 발음해야 하는 플록스보다 어딘지 모르게 구수하게 들리는 이름이 된 것 같다. 휘뚜루마뚜루 부르는 이름 같고, 후루룩 말아먹는 잔치국수가 떠오르기도 한다. 후록스, 아니 플록스는 잔병치레도 잘 안 하고 더위도 잘 안 타는 편이라 키우기가 어렵지 않다. 그래서 그런지 가격이 그리 비싼 편은 아니다. 또 캄파눌라처럼 무수히 달린 작은 꽃봉오리가 금세 다 피어나는 기특한 꽃 중 하나다.

플록스는 아주 작은 콘 위에 길게 짜서 올린 아이스크림처럼 뾰족하니 돌돌 말린 작은 꽃봉오리가 마치 팝콘처럼 팡 터지듯 한순간에 피어난다. 과장을 조금 섞으면 방금 전까지 봉오리였는데 한나절만 두었다 다시 보면 어느새 톡! 하고 피어나는 것을 볼 수 있다. 그렇게 며칠을 두면 하나가 피고, 돌아서 있다 보면 하나가 피어나는 재미있는 꽃이다. 아직 다 피지 않은 봉오리를 사도 실패가 없다.

지난 봄에 플록스의 씨앗을 사서 주말농장에 심었다. 초보 꽃 농부는 씨앗에서부터 파종하는 것보다 모종을 구해 시작하는 것이 좋다. 씨앗 발아에서부터 개화까지의 길이

초보자에겐 너무 멀고도 험하기 때문이다. 잎을 먹는 깻잎
이나 상추 같은 것들은 싹이 잘 나기도 하고, 뜯어낼수록 많
이 나기도 하고, 빨리 자라 키우기 쉽지만 꽃은 다르다.

꽃은 식물이 다음 세대로 자신의 유전자를 전하는 화생
에 있어서의 마지막 관문 같은 것이다. 게임을 할 때도 마지
막 레벨이 가장 어렵고, 거기까지 닿기 전에 몇 번이고 죽는
것처럼 꽃을 키우는 것도 마찬가지다. 그래서 모종을 사서
시작한다는 건 일단 초기 몇 단계를 건너뛰고 레벨 업이 된
채로 시작하는 것이다.

하지만 어떤 꽃들은 모종으로 구하는 것이 어려울 때도
있다. 플록스도 모종을 구하는 것보다 씨앗을 구하는 게 더
쉬워서 그냥 연습하는 셈 치고 기대감 없이 심었다. 그런데
어느 순간 초록초록한 새싹들이 불쑥 자라나더니 꽃망울을
맺었다. 덥고 습한 여름에는 노지에서의 꽃 농사가 잘되지
않고 장마에 물러져서 죽거나 강한 햇빛에 타 죽는 경우가
많은데 플록스는 연약해 보이는 꽃을 달고 있으면서도 계속
해서 꽃을 올려보내 주었다.

꽃시장에 나오는 플록스는 새하얀 색이 내부분이지만 씨

앗으로 심은 플록스는 이런저런 색이 섞여 있어서 어떤 색의 꽃이 필까 기대하는 맛도 있었다. 꽃꽂이를 하려고 줄기를 최대한 길게 하여 싹둑 잘라버리고 '이제 마지막이겠지?' 하고 다음 주에 가보면 다시 새로운 줄기가 올라와 꽃망울을 보여주기도 했다. 게다가 절화의 수명도 긴 편이라 더위에 지친 꽃들이 금방 축 늘어지는 여름에 추천할 만한 꽃이다.

리시안셔스
Lisianthus

꽃말: 변치 않는 사랑

아아, 리시안셔스.

사시사철 볼 수 있는 장미만큼이나 흔한 꽃이 된 리시안셔

스는 명실공히 여름꽃이다. 꽃공부를 시작하는 사람들이 가

장 먼저 이름을 외우는 꽃이기도 하다. 처음 리시안셔스라

는 이름을 들었던 때를 떠올려 보면, '뭐라고? 이름이 너무

길고 어려워!'라는 생각이 제일 먼저 들었다. 그다음은 '꽃

이름이 다 이러면 어떻게 외우지?'라는 걱정을 했다. 그러고 나선 리시안셔스, 리시안셔스, 리시안셔스… 하면서 여러 번 웅얼거리며 외웠었다.

처음 꽃을 배우기 시작했던 그해 여름, 리시안셔스를 자주 만났다. 이번 주에도, 다음 주에도, 다다음주에도 리시안셔스가 등장했다. 리시안셔스가 여름꽃이라는 걸 알기도 전이라 그땐 그냥 단순히 선생님이 리시안셔스를 굉장히 좋아하시나보다고 생각했다. 그래도 리시안셔스를 자주 만난 덕분에 빠르게 리시안셔스라는 길고 어려운 이름을 기억했다.

이제 리시안셔스는 꽤 대중적인 꽃이 되었다. 어느 땐 지겹게 느껴지기도 한다. 하지만 여름꽃 중에 이만한 꽃을 찾는 것도 어렵다. 여름의 날씨가 장마와 폭염을 왔다 갔다 하며 꽃들을 못살게 굴면 꽃시장에 나오는 꽃의 종류나 양도 늘었다 줄었다 한다. 그에 따라 가격도 오르락내리락한다. 그 변화무쌍한 가운데에도 리시안셔스는 늘 꽃시장에 나타난다. 이제서야 왜 그때 선생님이 여름 학기 내내 그렇게 리시안셔스를 재료로 준비했는지 이해하게 되었다.

리시안셔스는 색이 다양하다. 과장을 조금 섞어 24색 크레파스 색이 다 있다. 요즘은 하얀 리시안셔스에 염색을 한 것도 있어 표현할 수 있는 색이 더욱 다양해지고 있다. 화형이나 크기 역시 얼굴이 좀 작은 것, 큼지막한 것, 끝이 굽슬굽슬하게 말린 것, 편편하게 펴진 것, 둥그렇고 오목한 것, 펑퍼짐하게 펴진 것 등 종류가 정말 많다.

그럼에도 리시안셔스라는 말을 들으면 '아, 지겨운데'라는 생각이 드는 건 왜일까. 언제부터 이 다양하고 장점이 많은 꽃이 나에게 길고 긴 여름처럼 지리한 꽃이 된 것일까? 나는 여름 내내 리시안셔스를 피하며 지루함을 달랜다. 그리고 겨울이 와서야 리시안셔스가 그립고 보고 싶어진다.

한겨울의 리시안셔스는 한여름의 리시안셔스보다 몸값이 두 배, 세 배로 뛴다. '그냥 여름에 한껏 쓸걸!' 하는 후회가 밀려온다. 익숙함에 속아서 소중함을 잊었던 값인가 싶다. 이런 법칙은 인간관계에서만 작동하는 게 아니라 온 우주에 걸쳐 작동하는 건가 보다.

여뀌/개여뀌
Water Pepper

꽃말: 학업의 마침

처음 이 꽃을 봤을 땐 염색을 했거나 꽃잎에 염료를 뿌린 줄 알았다. 자연에는 수많은 색이 존재하고 꽃의 세계에도 다양한 색을 가진 꽃이 존재하지만 보통은 붉은색이나 노란색 계통의 꽃이 많다. 흔하지 않은 건 '푸른색'인데 이보다 더 흔하지 않은 건 '형광색'이다.

여뀌는 핫핑크를 넘어 '형광 핫핑크'라고 해도 좋을 만큼,

눈이 확 뜨이는 색을 가지고 있다. 졸린 눈을 비비며 새벽 꽃 시장의 좁은 통로를 이리저리 돌고 있을 때, 알록달록 저마다의 색을 뿜내는 꽃들 사이에서 여뀌가 눈에 들어왔다. 처음엔 '왜 촌스럽게 형광 핑크를 염색했지?'라고 생각하며 살펴보다가 염색이 아니라는 사실에 놀랐던 기억이 난다. 게다가 꽃이름이 '엽기!'라고 말해준 도매 사장님의 말에 몇 번이나 되묻기도 했다.

'네? 뭐라고요?'
'엽기라고, 엽기!'
'엽기요? 이름이 엽기라고요?'
'응. 엽기래.'

도무지 믿을 수 없어서 고개를 갸웃거리며 꽃을 받아들고는 이리저리 인터넷 검색을 하다 꽃의 이름이 '엽기'가 아니라 '여뀌'라는 것을 깨닫고 얼마나 웃었는지 모른다. 그렇게 우여곡절 끝에 데려온 생경한 컬러의 꽃은 수수한 꽃과도, 세상 화려한 색의 꽃과도 잘 어울렸다. 아마 색은 화려하지만 생김새는 작은 강아지풀처럼 소소하게 생겼기 때문인 것 같다.

남편과 산책을 하러 나선 집 앞 공원에서도, 무더위에 초토화된 아파트 화단에서도 여뀌를 문득문득 발견했다. '그동안은 이런 핑크가 왜 보이지 않았지?' 싶게 쨍한 형광 핑크가 나를 찾아왔다.

여름 내 한 번씩 여뀌를 즐기다 끝물에 다다랐을 때쯤, 마지막 여뀌 꽃을 스튜디오 앞 화단에서 털었다. 알갱이가 도도독 떨어졌는데 씨앗이길 바라며 흙을 살살 덮어주고 가을과 겨울을 보냈다. 무언가를 심었다는 사실을 완전히 잊어버렸을 때쯤 멋대가리 없이 길쭉한 줄기가 막 자라났다. 잡초라고 생각했지만 이 잡초에는 무슨 꽃이 피는지 궁금한 마음에 못생긴 그 풀 좀 뽑아버리라는 엄마의 말을 무시했는데, 그해 여름 그 뻣뻣한 풀에서 핑크색 꽃이 피어났다. 여뀌였다.

본의 아니게 여뀌를 키우게 된 해의 여름, 나는 꽃시장에서 여뀌와 색은 비슷하지만 모양이 좀 다른 꽃을 만났다. 여뀌가 형광 핑크의 강아지풀 같다면, 이 아이는 형광 핑크의

토끼풀꽃 같았다. 사장님에게 이름을 물어보니 '고만이'라고
했다.

'네? 고만이?'
'응. 고만이. 고만해서 고만인가봐.'
'고.만.이.가 맞아요?'
'그렇대!'

다시 고개를 갸웃하며 돌아와 인터넷을 샅샅이 뒤져 그 꽃
을 찾아냈다. '고마리'라는 꽃이었다. 이번에도 파하하 하고
웃을 수밖에 없었다. 고마리는 '여뀌과'에 속하는 꽃이다. 아
주 먼 친척 관계라는 뜻이다. 같은 과로 묶이는 꽃들은 줄기
나 잎의 생김새가 서로 닮아 있는 편이다. 그런 카테고리를
기억해 놓으면 나중에 꽃들을 알아보기가 쉽다.

하나의 꽃을 알아보게 되는 것은, 계절을 더 잘 이해하게
되고, 시간의 흐름을 더 세세히 즐기는 것과 같다. 여뀌와 고
마리를 알게 된 후 길가에서 여뀌와 고마리를 꽤 자주 발견
하게 됐다. 잡초이던 것도 알게 되니 눈에 띄었다. 아는 만큼
보인달까?

3부

넘어질수록 깊어지는 세계

가을

꽃을 지금보다는 잘 알지 못하던 때 좋아하던 꽃이 있었다. 천일홍도 그중 하나다. 선명한 자줏빛이나 보랏빛을 띠는 작은 알사탕처럼 동그랗게 생긴 꽃. 살짝 만져보면 바스락거리는 마른 지푸라기 같은 질감인데, 천 일 동안 붉다는 이름만큼이나 오랫동안 시들지 않는 꽃이라고 했다. 꽃이 가진 그 자체의 자연스러운 아름다움이 아닌 그냥 예쁜 색, 단정한 모양, 지속성에 더 관심을 가지던 때여서 이 츄파춥스 같은 꽃이 좋았다. 그리고 그 마음이 영원할 것 같았다.

하지만 지금은 스타티스, 프리지어와 함께 별로 선호하지 않는 꽃 베스트 5에 들어갈 정도로 시큰둥해졌다. 채도 높은 선명한 색도 부담스럽고, 알사탕같이 땡그란 모양은 재미없고 바스락거리는 수분기 없는 촉감은 생화 같지 않아 싫고, 무엇보다 천일이나 간다는 점이 참 마음에 안 든다. 지금 나는 변함없이 오래가는 꽃보다 피고 지고 변화하는 모습을 적극적으로 보여주는 꽃이 더 좋다.

내가 좋아하던 천일홍의 특징은 그대로인데, 바로 이 때문에 천일홍이 별로로 느껴진다. 이게 무슨 아이러니인지.

꽃을 사러 오는 손님 중에는 꽃을 잘 모르는 사람도 많다. 해바라기나 장미만 아는 사람도 있고, 수국, 천일홍, 프리지어를 찾는 이도 있다. 꽃 수업을 들어봤거나 꽃에 관심이 있는 사람은 라넌큘러스나 리시안셔스, 작약을 달라고 한다.

스튜디오의 꽃 냉장고는 언제나 꽃으로 가득 차 있는 편인데, 어떤 손님들은 자신이 아는 꽃이 없으면 '꽃이 별로 없네.'라고 말하며 슬쩍 들여다보고는 그냥 가버리기도 한다. 그들의 모습에서 '천일홍을 좋아한다'고 말하던 내가 보일 때가 있다. 제일 좋아하는 꽃이라며 천일홍으로만 구성된 꽃다발을 주문하고 싶다는 손님의 세상에는 몇 종류의 꽃이 존재할까 궁금해졌다.

예전에 좋아했던 꽃들은 지금 '별로 선호하지 않는 꽃' 목록 상위에 이름이 올라와 있다. '좋아하는 꽃'의 범위는 점점 늘어나서 이제는 한두 종류의 꽃만을 꼽을 수 없게 되었다. 처음에는 계절별로 좋아하는 꽃이 생기고, 꽃다발이냐 꽃꽂이냐, 만드는 방법에 따라 선호하는 꽃도 달라졌다. 색

깔별, 질감별로 좋아하는 꽃들이 생기더니 지금은 거의 다 좋아하는 편이다. 좋아하는 꽃의 순위를 매기는 것이 아니라 카테고리를 분류하여 상황에 가장 잘 어울리는 꽃을 좋아하게 되었다는 편이 정확하겠다. 더 많은 꽃을 알고, 더 많이 경험할수록 나는 '가장', '제일'이라는 수식어를 붙이기 어려워졌다.

가을에 천일홍을 찾는 손님들을 만나면 나는 또 다른 꽃들을 추천하기도 했다. "냉이나 줄맨드라미, 미니 메리골드나 마트리카리아, 루드베키아는 어떠세요? 가을 느낌을 주기 참 좋은데요. 하이페리쿰같은 열매도 괜찮아요. 풍선초나 꽈리 같은 아이들도 아주 특색있죠." 하지만 단호히 "그냥 천일홍만 주세요. 그런 건 뭔지 모르겠어요. 천일홍이 제일 예뻐요." 하고 대답이 돌아왔다.

몇 번의 거절과 서로 간의 불편함을 경험한 이후로 나는 뚜렷이 원하는 바를 가지고 오는 손님에게는 다른 제안을 하지 않는다. 그 견고한 세계를 흔드는 것이 나에게도, 그들에게도 유쾌하지 않다는 것을 알았기 때문이다.

대신 막연히 '꽃다발을 사고 싶은데….'라며 수줍게 들어오는 손님들에게는 적극적으로 변한다. 예산을 묻고 받을 사람의 취향이나 사용할 곳을 물은 뒤, 최대한 다양한 꽃들과 평소에는 잘 보지 못했을 꽃들, 꽃다발에 쓰일지 생각 못 했던 꽃들을 찾아 넣어준다. 좁은 세계는 들어가기 어렵지만 아직 만들어지지 않은 세계는 오히려 넓게 시작할 수 있는 가능성이 더 크다.

나는 처음 만들어질 그들의 꽃 세계가 장미와 안개꽃에서 닫히지 않도록 심혈을 기울인다. 언젠가 좋아하는 꽃이 있느냐고 누군가 물었을 때 '가을꽃 중에서요?'라고 되물을 수 있도록.

한편으로는 좁은 지식으로 내 세상이 너무 빨리 닫히지 않도록, 새로운 것을 받아들이는데 인색하지 않으려 경계하며 이미 잘 알고 있다고 생각하는 것을 다시 한번 살핀다.

천일홍의 얼굴을 가만히 들여다보니 꽃잎 사이 사이에 노란 별들이 콕콕 박혀 있다. 지루하고 단조롭다 느낀 그 꽃이 다시 한번 마음에 슬쩍 들어온다.

가을에는 꽃도 예쁘지만 꽃이 지고 난 뒤 열매가 맺힌 가

지와 씨앗 꼬투리나 씨방이 달린 줄기도 참 예쁘다. 그런 건 가을에만 만날 수 있다. 꽃집에서 레드베리, 남천 열매, 클레마티스 씨드, 스카비오사 씨드박스, 아미초 씨드박스, 연밥 같은 아이들을 만나게 된다면 조금 낯설겠지만, 한 번쯤은 집으로 데려오는 것을 추천한다. 매번 같은 꽃만 들이는 게 아니라 계절에 따라 다양한 꽃과 식물을 들이는 꽃집을 만나게 된다면 그곳에서는 플로리스트에게 모든 것을 맡겨 보는 것도 좋다. 그들은 매우 행복해하며 기꺼이 손님의 꽃 세계를 한 뼘 넓히는 데 동참할 것이기 때문이다.

질척이는
이별의 끝

9월, 클레마티스

˅ ˅   ˅ ˅ ˅

나는 줄기가 유연하고 형태가 자유로운 덩굴식물들을 좋아
한다. 혼자서는 똑바로 서 있지도 못하고 휘청거리지만 다
섯 손가락만큼이나 유용한 덩굴손으로 수직으로 뻗은 벽,
뾰족한 막대기 할 것 없이 꽉 움켜쥐고 거침없이 위로 올라
가는 덩굴식물들은 언제 봐도 신기하다.

꽃을 피우는 덩굴식물인 클레마티스^{Clematis}는 늦은 봄과
여름이 제철이다. 보통 여름이라고 하면 7, 8월을 생각하지
만 나는 다음 해를 기약하며 마지막으로 만나는 초가을의
클레마티스도 좋아한다. 클레마티스는 여리여리하고 우아
한 덩굴에 연보라색, 보라색, 자주색, 핫핑크색, 와인색 등 화

려한 색의 꽃을 피운다. 우리말 이름은 '으아리꽃'인데 꽃시장에서는 주로 '클레마티스'로 통한다.

가늘고 연약한 줄기는 조심히 다루지 않으면 꽃의 무게 때문에 휘어지고 엉켜서 꺾이기 쉽다. 꽃을 다듬을 때마다 새가슴이 되긴 하지만 한 줄기만 툭 꽂아놓아도 특유의 여유롭고 우아한 모습이 돋보여서 고급스러운 느낌을 내고 싶을 땐 빠뜨리지 않고 들여온다.

클레마티스를 너무 좋아하다 보니 집에서도 키우고 있다. 한겨울에는 잎이 다 지고, 가지도 바싹 말라버려서 볼품이 하나도 없지만 말라버린 가지를 짧게 잘라버리고 뿌리만 남겨놓으면 봄의 시작과 함께 새싹도 다시 돋아난다.

봄에 클레마티스 줄기들이 위로 위로 막 자라나기 시작할 때 작은 사다리처럼 생긴 덩굴식물용 지지대나 긴 막대기를 꽂아둔다. 그러면 자기를 위한 것임을 금방 알아차리곤 몸을 기대고 있는 걸 볼 수 있다. 그다음 날 보면 기대기만 하는 게 아니라 어느새 지지대에 줄기를 한 바퀴 뱅그르르 돌려서 꼭 잡고 서 있다. 무궁화꽃이 피었습니다라도 하는 양, 돌아섰다 다시 보면 조금 자라있기 때문에 새싹을 보자마자 지주를 세워 주지 않으면 가느다란 덩굴줄기가 금방 길게 자라 힘없이 쓰러져 이리저리 엉켜버린다.

무언가를 꼭 붙들고 살아온 클레마티스는 잔가지와 이파리를 잘 정리해 두어도 옆에 다른 꽃이 있으면 금방 달라붙어 엉켜버린다. 구불구불한 줄기 모양 자체가 닿기만 해도 엉겨 붙기 쉽게 생겼기 때문이다. 인내심을 가지고 엉켜버린 줄기를 조심스럽게 떼어내며 나는 클레마티스의 덩굴손이 꼭 감정 같다고 생각했다. 어떻게든 잘 정리했다고 생각했지만 슬쩍슬쩍 달라붙어 나를 감는 지난 감정들.

쉬운 이별이 있을까? 나는 언제나 힘든 이별을 했다. 물론 나만 힘든 이별을 했다고 말할 수는 없다. 대체로 이별은 누구에게나 힘든 것이니까. 하지만 '그동안 즐거웠고, 다시는 만나지 말자.' 하고 깔끔하게 끝내는 연애를 한 번도 해보지 못했다. 스스로는 꽤 쿨하게 살고 있다고 생각하지만 연애와 이별만은 늘 지지부진하고 눈물겹고 지질했다. 주로 긴 연애를 했는데, 사랑은 긴 시간 동안 천천히 식어갔고 누군가는 나 몰래 내 자리에 다른 사람을 조금씩 채워 넣기도 했다.

그들은 처음에 꽤 열정적이고 열렬한 구애를 했다. 나도 열렬한 애정으로 최선을 다했다. 나는 연인의 변심을 눈치채지 못할 만큼, 아니 그것도 포용할 만큼 사랑에 성실했다. 둔하게 애정의 기류가 변하는 것을 알아차리지 못한 내게 그들은 일방적인 안녕을 고했다.

얄궂은 우연이지만 나는 항상 여름에 누군가와 헤어졌다. 여름이 시작될 때쯤 이별의 문이 열리고, 여름이 끝날 때쯤 이별의 문이 닫혔다. 그리고 가을과 겨울에는 마음을 정리하고 봄에는 새로운 사람을 만나고는 했다. 어쩌면 내가 여름을 유독 싫어하는 이유는 그 때문일지도 모른다. 끈적한 땀과 눈물의 콜라보라니. 땀으로 푹 젖은 담요도 끔찍한데 눈물로 푹 젖은 베개까지 더해지니 잔인함이 질척이며 달라붙는 것 같았다.

그들은 언제부터 '그럼 안녕'하고 돌아설 순간을 기다리고 있었던 것일까? 나와 함께 손뼉을 치며 '해피 뉴 이어!'를 외치던 1월? '지금부터가 진짜 시작이지!' 하고 화이팅을 외치던 3월? 아니면 길가에 놓인 편의점 테이블에서 맥주 한 캔을 따며 봄을 만끽하던 5월?

지나간 시간 모두 용의자 같았다. 범인을 밝힌들 살해당한 감정이 살아 돌아오는 것도 아닌데, 매일 밤 쓸모없는 추리는 그나마 살아있는 내 자존감마저 죽이려 들었다. 시간이 지나 이제는 그런 추리를 하는 것이 무의미할 만큼 그들과 나 사이엔 아무것도 남아있지 않지만 아직도 그런 생각을 하면 마음속 한 곳이 싸늘하게 굳어진다. 그렇게 호된 8월이 지나고, 9월이 오면 조금씩 정리가 되었던 것 같다. 계절 하나를 종이처럼 착착 접어 서랍 안에 넣는 것처럼.

여름의 그림자는 남아 있지만 위세를 떨치던 클레마티스의 덩굴도, 여기저기로 손을 뻗치던 덩굴손도 조금씩 줄어드는 계절이 왔다. 이 마지막 클레마티스가 끝나고 나면 말라버린 줄기들을 싹둑 짧게 잘라 정리할 것이다. 함께 했던 행복한 순간들을 한순간에 정리하는 게 아깝고 아쉽지만 그렇게 해야만 겨우내 푹 쉬고 몸을 추스른 클레마티스가 봄에 더 풍성하고 무성한 싹을 올린다. 몇 번의 경험 덕에 알게 된 사실이다.

새로운 계절에 새로이 돋아난 귀여운 덩굴손은 누군가를 꼭 잡고 새로운 시작을 하게 될 것이고, 화려하고 예쁜 꽃을 다시 피워낼 것이다. 끝나버린 감정을 잘라내 버렸다고 나의 모든 것이 끝나지는 않는다. 메말라버렸다고 생각하는 것도 지금의 감정뿐이다. 그것은 반드시 새롭고도 열렬한 무엇으로 다시 돌아올 것이다. 그때가 되면 적절한 시기에 지지대를 세워 엉키고 쓰러지지 않도록 도움을 주는 것도 필요하다.

그러기 위해선 일단 시들어버린 것들을 정리해야만 한다. 그래도 되는 계절이, 드디어 왔으니까.

부지런히 누려야 할
충전의 계절

10월, 코스모스와 야생화

봄과 가을은 비슷하면서도 완전히 다른 계절이다. 봄은 따뜻함을 향해가지만 아직 춥고, 가을은 추위를 향해 가지만 아직 따뜻하다. 봄은 시작이고 가을은 결실이다. 비슷한 기온을 공유하는 계절이기 때문에 봄과 가을의 꽃시장에는 비슷한 꽃이 나오는데도 봄에 만나는 꽃들에게는 만남의 '안녕'을, 가을에 만나는 꽃들에게는 천천히 내년을 기약하는 '안녕'을 고한다.

가을 꽃시장은 코스모스^{Cosmos}를 비롯하여 수레국화, 과꽃, 백일홍, 소국, 메리골드 같은 국화과의 꽃들이 점령한다. 그들은 찌는듯한 무더위를 견뎌내고도 아무렇지 않다는 듯 태연히 꽃을 피운다. 더위와 싸워 이겨낸 꽃들이라 그런지

국화과의 꽃들은 수명도 꽤 긴 편이다.

코스모스는 내가 플로리스트가 되고 나서 가장 마지막에 산 꽃이다. 내가 기억하는 코스모스는 가족 나들이를 나선 가을의 어느 날, 아빠 차 뒷좌석에 눕듯이 기대어 있는데 '저 꽃 좀 보라!'는 엄마의 목소리에 창밖으로 힐끔 던진 시선에 걸려 있던 꽃이었기 때문이다.

핑크색, 주황색, 흰색의 코스모스들이 길고 가는 목을 쭉 빼고 나른하게 몸을 흔들흔들거리던 모습이 머릿속에 사진처럼 남아있다. 코스모스는 나에게 '꽃' 중 하나가 아니라 지나간 추억 속 '풍경'의 한 요소였다. 저 멀리에서 슬슬 붉은색으로 물들어가는 산등성이와 우리 차 옆을 쌩쌩 달려 지나쳐가던 다른 나들이 차들, 까맣고 끝없어 보이던 아스팔트 도로, 그리고 그 옆에서 춤을 추던 코스모스. 말없이 운전하던 아빠와 아주 신이 난 엄마의 들뜬 목소리와는 다르게 '그게 뭐? 코스모스가 뭐?'라며 무심하게 그것을 쳐다보던 나.

꽃시장에서 만난 코스모스는 굉장히 낯설었다. '어? 네가 왜 여기에?'와 같은 낯섦이었달까. 나의 기억 속에 존재하는 추억이었는데? '추억'이 줄기를 얌전히 다듬고 비닐에 싸여 있는 모습을 보는 것은 아주 이상한 기분이었다. 나는 오랫동안 꽃시장의 코스모스를 슬쩍 보고 지나치다가 결국 지갑을 열어 한 단을 샀다.

코스모스는 내 기억에서보다 훨씬 예쁜 꽃이었다. 그때는 왜 이 나른하고 여성스러운 꽃을 보고도 아무런 감정이 들지 않았을까? 이제서야 엄마가 '이것 좀 봐라. 정말 예쁘지 않니?'라고 흥분하며 말하던 것이 이해가 간다.

꽃을 직접 키우겠다며 야심 차게 시작한 주말농장은 지긋지긋한 여름을 지나며 완전히 끝장이 났다. 내 계획대로라면 10월에는 꽃이 지천으로 피어 밭을 뒤덮고 있어야 했다. 하지만 에어컨이 없는 주말농장에 소홀했던 여름이 지나고 돌아간 곳에는 내가 심은 작물이 하나도 남아있지 않았다. 그럼에도 10월에는 시간이 날 때마다 텃밭을 찾았고 늘 손에 무언가를 쥐고 돌아왔다. 어제는 뭘 했냐는 엄마의 질문에 내가 '주말농장에 갔어'라고 대답할 때마다 엄마는 '네가 심은 꽃은 다 죽었던데 뭐하러 갔냐'며 의아해했다.

잡초로 뒤덮인 내 텃밭을 뒤로 한 채 꽃가위 하나를 챙겨 주말농장 근처 개울가를 떠돈다. 줄기가 얽히고설킨 계란꽃(개망초)이 지천으로 피어있다. 누군가 둑 위쪽 좁고 긴 공터에 몰래 심어놓고 버려둔 돼지감자에도 탐스러운 샛노란색 꽃이 피어있다. 그리고 그렇게나 원하던 코스모스는 듬성듬성하지만 군데 군데 무리를 지어 피어있다. 놀랍게도 이들은 척박하고 힘든 곳에서도 탐스러운 꽃을 피우는 국화과의 꽃이다. 신은 대체 국화과의 꽃들에게 무슨 마법을 부려놓은 것일까?

아무도 알아보지 못한 것들에 대한 값어치를 홀로 알아본 값으로 나는 가을꽃을 잔뜩 선물 받았다. 길고 긴 여름과 혹독한 겨울을 견딜 수 있도록 신이 신경 써서 준비한 선물들을. 가을은 봄의 한없이 가볍고 산뜻한 기분과는 다르지만, 바닥을 딛고 있는 안정감이 가득하다.

10월에는 밖으로 나가야 한다. 이렇게 높았나 싶은 하늘을 보고, 고개를 돌려 붉고 노란 물이 들기 시작한 가로수를 봐야 한다.

곧 있으면 뜨끈한 방바닥에 배를 붙이고 누워 귤이나 까 먹는 게 유일한 낙이 되는 겨울이 온다. 우리는 마음과는 상관없이 날씨에 의해 우중충해지는 몇 개월을 살게 될 것이다. 그러니 부지런히 나가서 올해의 마지막 광합성을 즐기고, 바닥에 짓이겨진 은행 냄새에 코를 막으면서도 힘차게 걷고, 읽지 않아도 책을 사러 서점에 들러야 한다. 그게 바로 10월에 부지런히 느껴야 할 풍족함이다.

부모님은 그걸 알았다. 그래서 쉬고 싶은 주말에도 심드렁한 나를 끼고 산으로 들로 나갔고, 졸고 있는 나를 깨워 창밖을 내다보게 했다. 어느새 그때 그들의 나이가 된 나는 가을 하늘 아래 흔들거리는 꽃들을 보며 '이것 좀 보라'며 옆에 있는 사람을 채근한다. 가을의 풍족한 공기와 색깔은 이렇게 시간을 달려 다음 사람에게도 전해진다.

날이 적당해지면 마음도 적당해진다. 허둥지둥하던 연말연초와 마음이 붕 떠 있던 봄, 아무것도 할 수 없던 여름을 지나 드디어 적당한 마음으로 평온히 지낼 수 있는 시간이 왔다.

10월의 공기에는 묘한 현실감이 있다. 비현실적으로 높

고 푸른 하늘이 뭐가 현실적이냐고 물을지도 모르겠지만, 하늘은 비현실적이어도 공기는 현실적이다. 날은 좋은데 붕 뜨지 않는다. 쉼 없이 흐르는 일 년 중에 에너지를 충전해야만 하는 때가 있다. 10월의 자연이 보내준 풍족함과 그로 얻은 평온함은 지금이 바로 그 시기라는 신호다.

완벽하게
불완전한 매력

11월, 노박덩굴

가을이 깊어 겨울로 달려가는 시기의 꽃시장은 꽃보다 단풍이 든 잎과 나뭇가지, 붉게 물든 열매들이 더 주목받는다. 꽃들도 화사하고 방긋방긋 웃는 천진한 것들보다 무겁고 묵직한, 어딘지 쓸쓸해 보이는 아이들이 더 많다. 가을로도 겨울로도 건너뛸 수 있는 11월의 꽃들은 한걸음 뒤로 뒤처진 사람처럼, 앞으로 빠르게 치고 나가는 누군가처럼, 제자리를 종종걸음치는 나처럼 모든 것이 뒤섞여 있다.

나는 이 시기에 노박덩굴Oriental bittersweet을 자주 산다. 까치밥이라는 닉네임으로도 불리는 노박덩굴은 열매가 달리기 시작할 때 꽃시장에 나온다. 정말 까치들이 좋아하는 열매인지는 알 수 없지만 약간 딱딱한 껍질 안에는 채도가 높은 주황색의 작은 열매들이 들어있다. 오렌지맛 환타보다도 맑은 주황색이다. 가만히 보고 있으면 꽤 맛있어 보이긴 한다(하지만 야생의 식물들은 함부로 시식이나 시음을 해 보면 안 된다). 10월 말부터 조금씩 시장에 나오는 노박덩굴은 계절이 깊어갈수록 조금씩 얼굴을 달리하는데, 대체로 거의 정리되지 않은 어지러운 형태로 그냥 대충 동여맨 채 팔린다.

초기에 나오는 노박덩굴은 열매가 많이 달려있지만 아직 속열매가 벌어지지 않아 노란색의 딱딱한 겉껍데기에 싸여있다. 11월이 되면 겉껍질이 세 갈래로 열리며 안에 들어 있는 진주황색의 열매가 톡하고 나온다. 딱딱한 겉껍질과는 달리 말랑한 속열매는 안에 씨앗을 품고 있다. 장난삼아 꾹 누르면 씨앗과 함께 주황색 물이 터져 나온다.

이 시기의 노박덩굴은 아주 잘 익은 상태여서 대충 묶인 단을 풀어내다가 아까운 잔가지들이 부러지거나 열매들이 후두둑 떨어질 때도 많다. 그래도 크게 신경이 쓰이지 않는 건 아직도 많은 잔가지와 열매가 달려있기 때문이다. 몇 번 쯤 틀려도 티가 나지 않을 것 같아 자신감이 붙는다.

하지만 내가 다른 가을 열매 식물 중 노박덩굴을 즐겨 찾는 데에는 귀여운 열매 외에 다른 이유가 있다. 이름에 '덩굴'이 붙어있는 만큼 노박덩굴의 가지는 꽤 구불구불하고 곱슬곱슬하다. 클레마티스가 여리여리하고 휘청이는 풀 같은 덩굴줄기였다면, 노박덩굴은 이리저리 정신없이 구부러져 있으면서도 유연함이라고는 없는 딴딴한 덩굴줄기다. 직선으로 쭉 뻗은 보통의 나뭇가지들보다는 유연한 편이지만 그렇다고 내 마음대로 펴거나 억지로 구부리다가는 툭 하고 부러져 버리는 융통성 없는 유연함을 가지고 있다.

이리저리 정신없이 휘어지고 구부러진 노박덩굴의 줄기는 굳이 내가 애써 다른 방향, 다른 모습으로 매만져주지 않아도 될 정도로 매력적인 곡선을 가지고 있다. 그래서 '자연 그대로의 아름다움'을 살려 꽂아두기만 해도 충분히 멋지다. 깊어진 가을에 만나는 노박덩굴은 꽃도, 잎도 다 떨어졌지만 보글보글 붙어있는 먹음직스러운 까치밥 열매와 거친 가지의 휘어짐은 꼭 꽃이 있어야만 의미가 있는 것은 아니라는 생각이 들게 한다.

꽃에 대한 경험이 별로 없었을 때는 형태가 정확하지 않고 내 마음대로 통제되지 않는 꽃을 별로 좋아하지 않았다. 공식처럼 이렇게 꽂으면 이런 모양이 나오는 것, 이런 모양을 만들어야지 하고 마음먹은 대로 만들어지는 꽃들을 좋아했다. 그게 잘한 것처럼 느껴졌다. 몇 년 전에 마음에 들어 저장해 두었던 꽃 작품 사진을 다시 꺼내보면 그 속의 꽃들은 지나치게 장식적이거나 통제되어 있다. 축구공처럼 모난 곳 없이 동그랗게 잡은 꽃다발과 그 아래 방사형으로 질서 정연하게 뻗은 줄기들이나 초승달을 그대로 베어온 듯 뾰족한 선이 살아있는 어레인지먼트들이다.

하지만 시간이 지날수록 그런 게 재미없어지기 시작했다. 슬쩍 건드리면 자신의 길을 찾아가는 꽃과 나무가 점점 더 내 마음으로 들어왔다. 가이드가 없어도 자신을 충분히 드러내는 선이 더 아름답게 느껴졌다.

'내가 정말 무언가를 만들 수 있을까? 그것도 이미 그 자체로 완벽히 아름다운 꽃을 가지고?' 갑작스럽게 마음에 변화가 생긴 건 이런 의문 때문이었다. 그리고 내가 완벽한 무언가를 만지작거려서 얻을 수 있는 결과물에 대한 경우의 수는 딱 두 가지라는 뿐이라는 걸 깨달았다.

1. 완벽하게 태어난 그 자체 그대로 남는다.

2. 만질수록 점점 더 완벽하지 않은 무언가가 된다.

나는 이 두 가지의 결과를 추론해 내고는 상당한 충격을 받았다. 완벽해지기 위한 노력이 무용하거나 오히려 완벽에서 멀어지는 길이 될 수 있다니. 내가 굳이 2번의 결과를 얻기 위해 노력할 필요가 있을까? 결론은 당연히 '아니다'였다. 그 후로 내가 꽃을 대하는 태도나 작품을 만드는 스타일이 많이 변화했다.

나는 아마 이때 알게 된 것 같다. 내가 노력으로 완벽하게 만들 수 있는 건 세상에 아무것도 없다는 걸. 그것이 완벽하게 태어난 것이든, 불완전하게 태어난 것이든 그 목표가 '완벽'이라면 말이다.

그나마 시도해 볼 가능성이 있는 건 나 자신 정도일까? 하지만 노력을 통해 나 자신을 완벽한 존재로 만들기도 절대 쉽지 않다. 나는 평생, 오늘, 지금 이 시간까지도 아침형 인간이 되기 위해 노력하고 있다. 하지만 내가 그렇게 될 수 있어서 하는 것이 아니라 그 정도의 노력이라도 하지 않으면 죄책감을 느껴서라는 것도 알고 있다.

노박덩굴의 아름다움은 자로 그린 듯 완벽한 선에서 나오는 것이 아니라 주어진 환경에 순응하거나 반항하면서 만들어진 예기치 못한 선에서 나온다. 그것은 내가 원하는 대로 자르고 묶고 뒤틀어서 만들 수 있는 게 아니다. 그럴수록 그가 지닌 완벽하게 불완전한 매력이 반감된다.

그러니 나 자신의 마음 말고는 무엇이든 이리저리 휘둘러 내 입맛에 맞추려는 생각은 그냥 접는 게 낫겠다. 누가 나를 붙잡고 흔드는 것도 싫은데 내가 누군가에게 그런 사람이 될 필요는 없겠지.

아니, 어쩌면 나 자신에게도 그렇다. 조금 틈을 두고 나라는 사람을 보는 것도 나쁘진 않다. 지금은 골치 아프기만 한 반항적인 이 선이, 결실을 맺는 그때 가서는 어떤 모양을 그리게 될지 아직은 알 수 없으니까.

맨드라미
Cock's comb

꽃말: 치정, 괴기, 시들지 않는 사랑

좋아하는 꽃으로 '맨드라미'를 꼽는 사람을 한 번도 만난 적이 없다. 주먹 맨드라미는 늦여름부터 초가을까지 길가의 화단에서 흔히 보이지만 예쁘다는 말은 쉽게 나오지 않는다. 표면은 피가 얇은 손만두를 찐 것처럼 쭈글쭈글 굴곡져 있는데, 거기에 털 깉은 깃이 촘촘히 나있다. 게다가 색은 주로 시뻘건 것이 많다. 강함과 강함이 만나니 '꽃'보다 어

던지 모르게 '동물적'인 느낌이 더 강하다.

사람들은 '답지 않은 것'에 거부감을 갖는다. 여자답지 않은 여자, 남자답지 않은 남자, 학생답지 않은 학생, 부모 같지 않은 부모. 고정관념이나 편견, 선입견은 유연한 사고를 하는 인간으로 자라는데 방해가 되지만 인간의 역사에서 보면 생존 본능 같은 것일지도 모른다. 지금이야 아프면 병원에 가서 바로 치료도 하고, 어디선가 들은 잘못된 정보도 금방 진위여부를 판단해낼 수 있다. 하지만 불과 100년 전만해도 산길에서 호랑이를 마주하던 세상이었다. 산에서 호랑이 같이 생긴 토끼를 만났을 때, 토끼려니 하면서 가까이 가는 것보다 호랑이일지도 몰라! 하면서 도망가는 게 생존에는 더 유리하다 보니 우리도 모르게 '익숙하지 않은 것에 대해 거북한 마음'을 가지고 있는 것은 아닐까.

사람들이 맨드라미에 대해 갖는 불호는 아마 '꽃 같지 않은 꽃'을 만났을 때 느끼는 인지 부조화에서 오는 옅은 불쾌감이 아닐까 싶다. 주름이 잔뜩 잡힌 뇌 같기도 하고(주먹 맨드라미), 바짝 쳐든 강아지의 꼬리 같기도 하고(촛불 맨드라미),

알 수 없는 파충류의 길게 늘어진 꼬리 같기도 한(줄맨드라미)
것이 꽃이라니. 만져보면 더더욱 식물이 아니라 털 난 동물
같아서 어떤 사람들은 맨드라미를 만지고 나면 기분이 이상
하다며 몸서리를 치기도 한다.

　나에게도 오랫동안 맨드라미는 호감이 가는 꽃은 아니었
다. 낯선 생김새에 예쁘단 생각이 들지 않았고, 너무 강한 컬
러가 부담스럽고, 촉감도 썩 유쾌하지 않았다. 하지만 질감
을 다루는 것에 대한 고민을 하면서 맨드라미를 다시 보게
되었다. '질감(텍스처)'이라는 개념은 한눈에 딱 파악하거나
정확히 정의 내려서 설명하는 것이 쉽지 않다. 꽃이라는 재
료를 내가 원하는 대로 시각화하는 건 여러 가지 디자인적
요소들을 이미 파악하고 계산해야 적용할 수 있는 개념이기
때문이다.

　그런 의미에서 맨드라미는 그 존재 자체로 굉장히 흥미
롭다. 질감과 양감을 모두 다 적절히 가지고 있으면서 보는
사람들에게 호기심까지 자연스럽게 불러일으킨다. 이미 가
지고 있는 자산이 많은 꽃이라 다양하게 표현하고 싶은 욕
심이 생긴다.

이 글을 읽고 난 뒤 다시 맨드라미를 본다면 이전과는 다르게 보일지 모른다. 여전히 별로 유쾌한 꽃이라는 생각은 들지 않을지라도 '이게 그렇게 흥미로운 꽃이란 말야?'라는 호기심은 갖게 될 수 있다. 어쩌면 몸서리를 치더라도 한번 슬쩍 쓰다듬어볼지도 모른다.

하이페리쿰
Hypericum

꽃말: 변치 않는 사랑, 사랑의 슬픔, 당신을 져버리지 않겠어요

꽃시장에서 처음 만난 꽃 중에는 정확한 이름을 나중에서야 알게 되는 경우가 많다. 앞서 소개한 플록스(후록스)나 여뀌 (엽기)뿐 아니라 익시아(이끼시아), 로단테(노단새)처럼 들리는 대로 부르다 보니 이름이 잘못 전해진 것도 많고 유칼립투 스를 유칼리, 리시안셔스를 리시안, 라넌큘러스를 라넌으로 짧게 앞부분만 부르는 경우도 꽤 많다. 하이페리쿰은 이 두

가지가 모두 적용된 꽃이었다.

 '하이베리' 지금 생각하면 본래의 이름과 꽤 거리가 있지만, 당시엔 그럴싸해 보였다. 작고 빨간 열매가 산수유나 작은 체리처럼 뾰족하게 달려있는 하이페리쿰은 레드베리나 스노우베리처럼 '베리'라는 이름이 어색하지 않았다.

 처음 듣거나 보는 꽃은 한 번 더 이름을 찾아보는 습관이 있었던 나는 하이페리쿰을 찾아보고는 아주 큰 혼란에 빠졌다. 보통은 잘못된 이름이어도 두세 번 검색을 거치다 보면 본래의 이름을 찾아내는데 '하이베리'는 베리류가 들어간 건강보조식품이나 쇼핑몰만 검색될 뿐이었다. 찾다 찾다 못해서 다음에 꽃시장에 갔을 때 다시 한번 꼭 물어봐야지 했는데 실마리는 의외의 곳에 있었다. 길을 걷다가 골목의 어느 가게(아마도 부동산이었던 것 같다) 앞에 햇볕을 쬐라고 내놓은 화분에 작고 앙증맞은 열매가 달려있었다. 그리고 화분에는 '금사매'라고 적힌 작은 이름표가 꽂혀있었다. 바로 금사매를 검색해 보니 '하이페리쿰*Hypericum patulum Thunb*'이라는 학명이 떴다. '아, 너구나!' 잃었던 이름을 찾은 하이베리, 아니 하이페리쿰은 그날 이후 내가 즐겨 찾는 소재 중 하나가 되었다.

하이페리쿰은 꽃이 피었다 지고, 열매를 맺기 시작할 때가 꽃시장에서 말하는 제철이다. 처음에는 열매가 다홍색으로 빨갛게 익었을 때 시장에 나왔는데 요즘은 열매가 녹색일 때부터 나온다. 여름이 깊어짐에 따라 열매 색이 짙어지는 미국 자리공처럼 하이페리쿰은 나에게 가을의 깊어짐을 알려준다.

완두콩처럼 푸르고 설익어 보이는 열매는 이르면 여름부터 볼 수 있다. 하지만 나오는 시기가 매우 짧기 때문에 보일 때 사지 않으면 다시 구하지 못할 수도 있다. 그 후에는 복숭아 같은 피치 핑크가 섞인 열매가 또 슬쩍 보인다. 역시나 나오는 시기를 특정하기 어려울 정도로 금방 지나간다. 그 다음에야 정말 먹고 싶다는 생각이 들 정도로 선명한 빨간 열매가 달린 하이페리쿰이 나온다. 붉고 노랗고, 톤이 어두워지기 시작하는 가을꽃들 사이에서 청량한 느낌을 주기 좋은 소재다. 가지 끝에 달린 열매 아래로 녹색 잎들이 예쁘게 달려있다.

깊은 가을이 오면 하이페리쿰의 붉은색도 조금씩 갈색

을 띠기 시작한다. 다홍색의 열매 시절까지는 과육이 조금 단단한 느낌이었다면, 이때부터는 터지면 과즙이 흐를 만큼 물렁해진다. 종자를 남기려는 자연의 당연한 이치다. 나는 이 귀여운 열매를 터뜨리지 않으려 조심하면서 가을이 깊어 가는 동안 하이페리쿰을 한껏 즐긴다.

해바라기
Sunflower

꽃말: 프라이드

'해'바라기라는 이름 덕에 여름꽃처럼 느껴지는 해바라기는 의외로 가을에 더 본격적인 꽃이다. 여름의 강렬한 햇빛을 충분히 잔뜩 보고 자라 가을에 꽃 피우는 것 같달까? 하나의 씨앗에서 하나의 크고 긴 줄기가 나오고 보통 하나의 꽃이 피는 원히트 원더one-hit wonder 의 꽃이다. 그리고 그 꽃을 자르고 나면 끝이다. 많은 꽃이 개화 기간 동안 '피고 지고'를 반복하며 즐거움을 주는 것과는 거리가 멀다. 만약 길을 걷다가 해바라기가 가득 핀 해바라기 밭을 보았다면 꽃만큼의 씨앗이 뿌려진 것이라고 봐도 무방하다.

나는 그 거대한 얼굴과 부담스러운 개방감 때문에 해바라기를 좋아하는 편은 아니다. 게다가 줄기는 굵고 멋없이 위로만 쭉 뻗어있는데다 꽃의 얼굴도 위가 아니라 아래를 향해 있다. 샛노란 꽃잎은 귀엽지만 씨앗이 맺히는 납작하고 평평한 가운데 부분은 샤워기 같다. 해바라기 샤워 수전이 왜 '해바라기' 수전인지 바로 이해가 간다.

플라워클래스의 가을 수업에서 두어 번 정도 해바라기를 사용하고 나면 더 이상 해바라기를 사지 않는다. 해바라기 시즌 끝 무렵 마지막으로 한 아름 사다가 꽃 냉장고 안에 계속 넣어둔다. 꽃 냉장고는 낮은 온도를 유지하면서 꽃을 휴면상태로 만들어 꽃이 빠르게 피는 것을 막아주는 역할도 하고 천천히 예쁘게 만개하는 것을 도와주기도 한다. 따뜻한 곳에서 빨리 확 피어버린 꽃들은 그만큼 빠르게 확 져버리지만 천천히 핀 꽃들은 그만큼 천천히 지는 것 같다.

냉장고 안에서 예쁘게 벌어진 해바라기를 하루나 이틀

정도 감상하다가 냉정하게 꽃잎은 다 뽑아버리고 가운데 샤워기 같은 부분만 남긴 뒤 거꾸로 매달아 말린다. 노란 꽃잎을 뽑고 있으면 왜 멀쩡한 꽃을 다 잡아 뜯냐며 아까워하는 사람들도 있지만 꽃이 완전히 시들 때까지 기다리면 예쁜 드라이플라워를 만들기 어렵다. 대체로 시들기 시작한 꽃들은 예쁘게 마르지 않고 썩어버리거나 흐물흐물해진다.

꽃잎이 없는 해바라기를 쓸데가 있을까 싶겠지만, 말려두면 가을겨울 내내 여러 가지로 쓸모가 많다. 나는 노란 꽃잎이 해님처럼 활짝 피어있던 해바라기보다 말라서 쓸쓸한 느낌이 드는 해바라기를 더 좋아한다. 말린 해바라기는 주로 거친 질감과 어두운 음영을 표현하는데 사용한다. 그 모습을 보고 있자면 마치 개기일식으로 빛이 사라진 태양 같은 느낌이 드는데 어두운 기운이 깊어가는 가을과 참 잘 어울린다.

홉
Hop

꽃말: 성의, 순진무구

사람들은 잘 모르지만 꽃시장에도 유행이 있다. 치열한 패션 세계만큼 유행하는 꽃, 품종, 색이 돌고 돈다. 새로운 품종이 아주 소량 시장에 나타나면 발 빠르고 유행에 민감한 플로리스트들이 매의 눈으로 보고 있다가 바로 채간다. 양이 많지 않아 판매하기보다 거의 수업에 활용한다.

수업에서 새로운 꽃을 만난 학생들이 사진을 찍어 자랑

하듯 SNS에 올리면, 그동안 본 적 없었던 꽃을 접한 사람들은 그 꽃에 관심을 보이고 실제로 보고 싶어 한다. 이제 남은 플로리스트들은 각자 친한 도매 시장 사장님을 통해 그 꽃을 수소문해 어떻게든 구한다. SNS에 그 꽃이 등장하는 횟수가 점차 늘어나고 더 많은 사람이 찾으면서 수요가 늘어나 공급도 조금씩 늘어난다.

식물은 공산품과는 다르게 수요 발생 후 바로 생산해서 공급이 가능한 것이 아니기 때문에, 폭발적으로 수요가 늘어나도 공급은 거의 일 년 정도가 걸린다. 수요와 공급 사이의 기간이 길어 꽃을 기다리는 사람들을 더욱 애태운다. 한 이 년쯤 지나면 신상이던 꽃은 꽃시장 대부분의 상가에서 취급하는 품목이된다. 그동안 인기가 시들해지면 사라지고 몇 년 정도 수요가 유지된다면 매년 꽃시장에 등장하는 주요 품목 중 하나가 된다.

최근 뜨거운 신상이 바로 '홉'이다. 맥주의 원료라는 바로 그 '홉' 말이다. 홉이 등장했을 때 언제나 새로운 소재 개발에 목말라있는 플로리스트들은 바로 반응했다. 특이한 소재를 잘 들여놓던 한두 가게의 매대에 조용히 등장하더니 SNS

에 홉을 활용한 작품 사진이 조금씩 늘어났다. 그 후로는 모두가 홉을 찾기 시작했고, 그다음 해에는 홉을 취급하는 매장이 늘어났다.

홉은 덩굴식물이다. 가늘고 긴 연두색의 덩굴줄기에 아주 작은 솔방울처럼 생긴 꽃이 조로록 이어서 달려있다. 줄기가 정리된 것이 아니면 이어진 하나의 덩굴 길이가 꽤 긴 편이다. 엉킨 실타래 같은 줄기를 정리하는 게 꽤 귀찮은 일이지만 너무 잘게 잘린 것보다는 긴 것을 사는 것이 여기저기 활용하기 좋다.

가느다란 홉 줄기는 아주 연약해 보이지만 당겨보면 실제로는 좀 질깃한 느낌이 든다. 가위로는 쉽게 잘리지만 손으로 뜯기는 조금 힘들다. 색은 매우 청량해 보이는 연두색인데 전체적으로 까끌까끌한 솜털이 나있어 손으로 훑듯이 당기면 가시처럼 박힐 수도 있으니 주의해야 한다. 생각보다 정리할 잎이나 잔가지가 많지 않아 손질을 크게 걱정하지 않아도 된다.

유연한 홉의 덩굴줄기는 그대로 감듯이, 묶어 리스를 만들면 겨울까지 좋은 장식이 되어준다. 특히 연두색에서 시작하여 황금색으로 변해가는 홉의 꽃망울을 지켜보는 재미가 있다.

메리골드
Marigold

꽃말: 우정, 예언, 반드시 오고야 말 행복

우리가 알고 있다고 생각하는 꽃을 '진짜' 알고 있는 경우는
많지 않다. 메리골드라는 꽃을 인식하기 전까지 나는 메리
골드를 알고 있었지만 알지 못했다. 메리골드라는 이름, 진
한 오렌지색을 가지고 있다는 것, 향기가 진해서 아로마테
라피에 자주 사용되고 허브티로도 많이 마신다는 것도 알았
다. 하지만 관심을 가지고 무언가를 보기 전까지 배경화면

이나 배경 음악처럼 스치듯 지나쳤던 것은 아는 게 아니다. 그저 지나쳐본 경험일 뿐.

어느 날 의미 없이 그냥 지나치던 것을 인식하게 되는 날이 있다. 늘 거기 있다는 걸 알았지만 문을 열고 들어가 꽃 한 송이를 사고 나면 그 앞을 지날 때마다 아는 사람이 하는 가게처럼 친밀하게 느껴진다. 또 마주칠 때마다 인사하지만 이름 없는 등장인물 1, 2 정도로 느껴지던 회사 사람이 회식 때 술잔을 부딪히며 같이 회사 욕을 하고 나면 잘 알던 사람처럼 느껴지는 그런 경험 말이다.

알고 있던 것에 감정이 더해져야 비로소 '인식'하게 되는데, 그 과정을 거쳐야 진정으로 '안다'고 할 수 있을 것 같다. 김춘수 시인의 시 〈꽃〉에 나오는 구절처럼 그저 하나의 몸짓에 지나지 않았던 것이 내가 알아본 순간에야 비로소 꽃이 되는 것이다.

오렌지 속살처럼 상큼한 색을 가진 메리골드는 제 계절인 가을이 되면 놀랄 만큼 큼직한 꽃을 피운다. 꽃잎은 얇지 않고 굽슬굽슬한 주름이 잡혀있는데, 귀엽게 주름이 잡힌 오렌지색의 꽃잎이 아주 딴딴하게 여러 겹 겹쳐져 둥글넙적한 모양을 이룬다. 엄청나게 큰 얼굴에 비해 꽃을 받치고 있는 부분이 아주 조그마하고 속이 비어있어서 손질할 때나 작품을 만들 때 쉽게 꺾인다. 하지만 자기 무게에 못 이겨 스스로 꺾이지는 않기 때문에 손질 시에만 주의하면 된다.

국화과에 속하는 메리골드는 다른 국화과의 꽃들과 마찬가지로 향기가 좋다. 향기가 좋은 꽃들은 향수와 차의 원료로 많이 활용되는데, 국화과의 꽃들은 주로 '꽃차'로 만들어진다. 국화의 향기가 화장품보다 차에 더 잘 어울리기 때문인 것 같다. 메리골드를 인식하게 된 날, 나는 메리골드의 향이 꽃보다 잎에서 훨씬 진하게 난다는 것을 알게 됐다.

메리골드는 하나의 굵은 주요 줄기에 여러 송이의 꽃이 피는데, 꽃은 아주 크고 탐스럽지만 줄기에 붙은 이파리는 조금 지저분하다. 무성하면서도 부슬부슬한 느낌이랄까? 무르기도 잘 물러서 메리골드의 잎을 파릇하게 살려 꽃다발을 만들기란 여간 어려운 일이 아니다.

그래서 메리골드는 사오면 잎을 정리해 준다. 짓무르고 시들해진 것들을 떼어내고 부자연스러워 보이지 않도록만

잎을 남기고 물에 넣어둔다. 이때가 메리골드의 향을 가장 진하게, 온전히 느낄 수 있는 순간이다. 물론 메리골드 꽃에서도 향기는 난다. 하지만 줄기에 붙은 메리골드의 이파리를 떼어내는 순간 시원한 풀향기인 듯, 달큰한 꽃향기인 듯, 약초 같은 허브향기인 듯 매력적인 향이 코끝을 탁 때리듯 들어온다. 다소 은은한 꽃향기보다 훨씬 강렬하다.

처음에는 당연히 꽃에서 나는 향기려니 했다. 그런데 잎을 떼어낼 때마다 톡 하고 코끝을 쏘는 향이 정확히 느껴졌다. 어라? 하면서 잎을 하나 떼어내 손으로 짓이겨 보니 방금 맡았던 그 향기가 더욱 진해졌다. 그간 잘 안다고 생각했던 메리골드의 또 다른 모습을 알게 되었다.

그 후로 메리골드 꽃에서 향기를 느끼려는 손님들이 있으면 '손으로 잎을 하나 짓이겨서 향을 맡아보세요'라고 얘기한다. 그들이 반신반의하며 잎을 문지른 손가락을 코에 갖다 대는 순간, 눈을 번쩍 뜨며 메리골드를 '인식'하게 되는 모습을 보는 것이 나의 즐거움이 되었다.

4부

고요하게 역동적인 시간

겨울

겨울은 모든 것이 종료되고 정리되는 시간 같다. 예전엔 겨울이 추위라는 고난을 만나 잠시 멈춰서 봄을 기다리는 시간이라고 생각했다. 하지만 우리 눈에만 멈춘 것처럼 보일 뿐 실제로 멈추는 건 아무것도 없다.

겨울이 역동적인 시기라는 걸 깨달은 건 봄에 나오는 수많은 꽃을 만나면서부터였다. 봄꽃이 되기 위해 이미 오래전부터 준비를 시작했어야 한다는 당연한 것을, 꽃과 함께하기 전에는 미처 깨닫지 못했다. 겨울은 자연이 버린 시기라고만 생각했다. 얼마나 일차원적인 생각이었는지.

자연의 모든 것은 아주 섬세하게 설계되거나 아주 필사적으로 적응된 결과물이다. 우연히 일어나거나 의미 없는 일은 아무것도 없다.

많은 꽃이 계절의 흐름 속으로 사라지고 다음 해를 기약하는 때에 나는 구근을 산다. 히아신스, 수선화, 무스카리, 튤립, 글라디올러스 같이 크고 매끈하고 둥근 구근은 팔각처럼 뾰족하고 바싹 마른 라넌큘러스 구근이나 호두처럼 작고

딱딱한 프리틸라리아 구근보다는 쉽게 싹을 틔울 수 있다. 크고 작은 화분을 가리지 않고 띄엄띄엄 심어도 다닥다닥 붙여 심어도 까탈 부리지 않고 싹을 올리고, 금방 꽃대를 올려준다.

수선화는 줄기가 날씬하고 길어서 길고 높은 화분에 심어놓으면 예쁘다. 작은 포도송이 같은 무스카리는 화분을 해초 바구니 같은데 넣어두면 자연스럽게 어울린다. 흙을 만지는 게 싫다면 히아신스로 수경재배를 해 봐도 좋다. 튤립 구근 여러 개를 큰 화분에 촘촘히 심으면 화려한 꽃을 즐길 수 있다.

겨울에 구근들을 무심하게 툭툭 심어놓고 가끔 한 번씩 물을 주면 누구보다 빠르게 봄꽃을 만날 수 있다. 그냥 양파 덩어리 같던 구근의 머리 꼭대기에 어느 순간 연두색의 무언가가 슬쩍 비치기 시작하면 한숨 돌려도 된다. 구근이 썩지 않고 활동을 시작할 예정이라는 신호이기 때문이다. 나는 이 신호를 기준으로 새로운 계획과 목표를 세우고 필요한 것들을 준비해 나가기 시작한다. 놀라운 자연의 시계는 외로운 겨울밤을 나와 함께 보내며 다가올 봄의 시작을 알리는 산뜻한 응원을 보낸다.

봄에 무언가를 시작하면 왠지 모르게 쫓기는 기분이 든다. 하지만 겨울에 시작하면 훨씬 더 여유롭고 안정적이다. 마치 남들보다 일찍 일어나 해가 뜨길 기다리며 하루를 먼저 시작하는 것 같다. 모든 것이 얼어붙은 한겨울 구근에 꽃이 활짝 필 때를 기다리며 조용한 준비의 시간을 보내도 좋다. 천천히 그러나 멈추지 않고 겨울을 지나 깨어나는 봄을 지켜본다.

땅속에서 부지런히 꾸물거리며 다가올 시작을 준비하는 내게 왜 아무것도 하지 않냐며 게으름뱅이 취급하는 사람들에게 당장이라도 뭔가를 보여주고 싶은 그 마음을 잘 안다. 그저 견디고 기다려야 하는 시간이라고 마음을 가라앉히고 여유를 가지려고 해도, 겨울은 너무 길고 내 인내심은 한 번씩 성깔을 부리고 싶어 한다는 것도 안다.

하지만 시작하면 그 무엇도 되돌리거나 없었던 것으로 할 수 없다. 인생은 순방향만 있을 뿐 역방향으로 달리는 것은 불가능하다. 나는 이미 흐름을 타고 있고 이 파도 속에서 적당한 순간을 기다리는 서퍼다. 수동적으로 기다리고만 있는 것이 아니라 어떤 순간이 나의 것인지 신중하게 '선택'하는 중이라는 것을 잊지 않으면 된다.

흔들리지 않는 방법은

알지 못해도

12월, 드라이플라워

12월이 되면 사람들은 번쩍이는 조명 아래 밤새도록 파티와 행사를 즐기느라 바쁘지만 자연의 12월은 사실 아주 고요하고 적막하다. 귀가 떨어져 나갈 듯한 칼바람이 불고, 눈 쌓인 화단은 지난 봄가을 무슨 꽃이 피어있었는지 기억도 나지 않을 정도로 황량하다. 일 년간 자연이 부지런히 만든 모든 것이 정리되고 새로운 시작을 위한 기다림만이 웅크리고 있다.

이럴때 포근한 연말 분위기를 위해 리스나 갈란드를 만들어준다. 주로 벽이나 문에 걸어두고 겨우내 감상하는 것이기 때문에 물이 필요한 생화보다는 미리 말려놓은 드라이

플라워Dried flower 같은 것을 이용해 장식한다. 여기저기 매달 아 둘 리스와 갈란드를 모두 장식하려면 말린 꽃이 꽤 많이 필요한데, 나는 이때가 되면 날을 잡아 스튜디오 안을 슬슬 돌아다니면서 틈틈이 말려놓았던 드라이플라워들을 꺼내어 한데 모은다. 아니, 말려놓았던 것이라기보다는 차마 버리지 못하고 구석에 그냥 쌓아 놓았던 애물단지들이다.

대부분의 플로리스트들이 그런 것처럼 나도 꽃을 잘 버리지 못한다. 시든 것만 조금 정리하면 며칠 더 볼 수 있을 것 같은 꽃도 있고, 시든 것이 분명 하지만 마음을 쏟았던 것이라 그냥 휙 뽑아버리지 못하는 꽃들도 있다. 건조한 스튜디오는 꽃들이 자연스럽게 마를 수 있는 적합한 환경이라 따로 작업하지 않아도 연말쯤 되면 스튜디오에는 꽤 많은 양의 드라이플라워가 모인다. 약품처리를 한 것이 아니면 말린 꽃들은 대개 본래의 색보다 누리끼리해지고 꽃잎도 쭈글쭈글해진다. 꽃잎에 생기가 있었던 것은 물기를 머금고 있었기 때문인데 수분이 다 날아간 꽃은 만개했을 때만큼 아름답거나 온전하지 않다.

드라이플라워는 꼭 나이 많은 여배우 같다. 아직도 아름답고 가만히 들여다보고 있으면 생생할 때의 아름다움이 얼핏 비치기는 하지만 전성기의 모습은 아닌, 조금은 쓸쓸해 보이는 모습이다. 어떤 이는 특유의 쓸쓸한 모습 때문에 드라이플라워를 좋아하기도 하고, 또 어떤 이는 더 이상 시들지 않기 때문에 드라이플라워를 선호하기도 한다.

내가 가진 드라이플라워 중에 '일부러' 만든 것은 거의 없다. 대부분 자연스럽게 생겨난 것들뿐이다. 생생함을 사랑했기 때문에 반대로 버릴 수 없었던, 시든 것들.

사춘기 이후로 나는 평온한 감정 상태를 단 며칠이라도 지속해서 유지해 본 적이 없다. 어쩌면 사춘기 이전도 비슷했을 것 같다. 갱년기 역시 한참 남았지만 그때가 되면 나는 또 평온함에서 멀어져 다시 한번 감정의 골 속을 휘몰아쳐 다닐 것 같다.

나의 삶은 대체로 평범하고 행복하지만 나는 일주일에 평균 세 번 정도는 우울하고 불행하다고 생각하는 것 같다. 어쩜 하는 일마다 크고 작은 문제가 생기고, 마음먹은 대로 해내는 것도 없고, 남들은 별 노력 없이도 쉽게 이루는 것 같

은 일들을 나는 매일 매일 쉬지 않고 노력해도 될 기미가 보이지 않는 건지. 이렇게 아등바등 사는 게 의미가 있기는 한 걸까, 회의적인 감정이 나를 사로잡는다.

한참을 그렇게 우울한 감정에 빠져있다가 그날 일어난 험난한 뉴스들을 한번 쭉 훑어보고 나서 마음을 고쳐먹는다. 지금 딱히 아픈 곳도 없고, 가족 모두 건강히 큰 사건 사고 없이 잘 지내고 있고, 크게 해낸 것은 없지만 크게 말아먹은 것도 없고, 손바느질 앞치마나 에나멜 구두 같은 것들을 계절에 한번은 망설임 없이 살 수 있다는 것을 문득 깨닫는다.

불행의 한 구덩이에서 갑자기 소박한 행복에 감사해진 나는 남편에게 사랑한다는 메시지를 보내고, 영문도 모르는 남편은(아마도 매일 이러는 내가 익숙해진 것일 테지만) 나도 사랑한다고 답장을 해준다. 이런 감정의 롤러코스터가 나의 하루, 한 달 그리고 일 년을 채우고 있다.

알 수 없는 불안과 고뇌와 절망에 오락가락하던 나는, 스무 살엔 기대도 하지 않았지만 적어도 서른 살이 지나면 단단히 뿌리를 박고 흔들리지 않는 나무가 될 줄 알았다. 하지만 앞자리 숫자가 다시 바뀌는 길목에서도 위태롭게 들판에 혼자 피어있는 꽃처럼 흔들리고 있다. 곧 태풍이 몰아칠 것 같이 주위는 어둡고 물기 젖은 바람이 자꾸만 나를 흔드는 것 같다. 나이가 듦에 따라 확실히 알게 된 것은 아무것도 없다. 쉰이 되고 예순이 되어도 비슷할 거라는 것 말고는. 흔들리지 않는 방법은 여전히 찾지 못했지만 흔들린 감정을 추슬러 돌아오는 방법은 찾아냈다. 내가 내 삶을 무척 사랑하고 있다는 걸 떠올리면 된다.

내가 흔들리는 이유는 내 삶을 망치고 싶지 않은 욕심 때문이다. 내 선택이 소중한 삶을 망쳐버릴까 두려워서 가지고 있을 필요가 없는 괴로움과 두려움마저도 꼭 쥐고 놓지 못하는 것이다.

드디어 일 년의 마지막 달이다. 마음 깊은 곳에 묵혀 쌓아둔 무언가가 있다면 그것이 나에게 필요한 것인지 아닌지 슥 한번 훑어보고 정리하기 좋은 때가 왔다. 일 년 동안 흔들리면서 쌓아두었던 것을 살펴보고 나쁜 것은 털어내자. 꽃의 생생함은 시간이 가면서 사라진다. 하지만 찬찬히 바라

보면 그 안의 아름다움은 사라지지 않고 남아있다. 중요
한 것은 내 삶을 사랑하고 나의 아름다움을 끝까지 찬찬
히 바라보는 사람이 되는 일이다.

내 속도와 방향이

불안해 보이겠지만

1월, 헬레보루스

꽃은 대체로 추위가 가시는 봄에 싹을 틔우고 추위가 찾아오면 땅속으로 사라진다. 모두 웅크린 채 찬 바람과 혹독한 추위를 피해 숨어있어야 하는 겨울보다 생명의 기운이 찾아오는 봄을 기다린다. 하지만 모든 꽃에게 이런 공식이 통하는 것은 아니다. 더위가 힘을 잃고 찬 바람이 불어올 때 제 계절을 맞이하는 꽃들도 있다. 그런 꽃들은 한겨울 추위에도 굳건히 자리를 지키다가 봄이 완전히 자리를 잡을 때쯤 스르르 사라진다.

내가 가장 좋아하는 꽃 중 하나인 헬레보루스Helleborus의

닉네임은 크리스마스 로즈이다. 생생하게 피어있는 꽃이 거의 사라지는 크리스마스 즈음 절정으로 피어나서 붙은 별명이다. 크리스마스를 지나 겨울이 정점에 이르렀을 때 헬레보루스는 가장 아름다운 시기를 맞이한다.

헬레보루스의 얼굴은 꼿꼿하다기보다 수줍은 듯 곡선을 그리며 아래를 향한다. 또 습자지처럼 꽃잎이 얇고 연약한 봄꽃들과는 다르게 도톰한 두께감이 느껴지며, 속이 들여다보이는 솔직한 얼굴을 하고 있다. 컬러는 밝은 연두, 옅은 핑크, 로즈핑크, 빈티지한 퍼플 등 다양하다. 어떤 색이든 예쁘지 않은 아이가 없다. 봄 여름 가을의 연약하고 화려한 꽃들이 주춤해진 겨울, 헬레보루스는 플로리스트에게 가장 고마운 꽃이다.

섬세하면서도 단단한 꽃의 얼굴도 좋지만 내가 헬레보루스를 좋아하는 이유 중 하나는 유연한 가지에 있다. 통통한 헬레보루스의 갈색 가지는 나무처럼 단단해 보이지만 어떻게 휘어도 쉽게 부러지지 않을 만큼 유연하다. 꽃다발을 만들다 보면 가지가 약한 꽃들은 한두 송이쯤 꺾이기 마련인데 헬레보루스는 다소 거칠게 다루어도 꺾이거나 상처가 나지 않는다. 또 거친 계절을 제철로 둔 꽃답게 물에 넣지 않고 몇 시간 있어도 쉽게 시들지 않는다.

사람들이 생각하는 일반적인 계절과 시간의 기준에서 가만히 들여다보면 헬레보루스는 순방향이 아니라 역방향의 생주기를 가졌다. 하지만 헬레보루스가 잘못된 건 아니다. 그저 자신만의 주기를 가지고 있을 뿐.

어릴 때부터 인생은 속도가 아니라 방향이 중요하다는 이야기를 자주 들었다. 나는 '주변의 속도에 따라 나의 속도를 결정하지 말고, 나에게 맞는 방향을 찾아 달려가자.'고 다짐했다. 내 방식대로 인생을 살고 즐기리라고.

하지만 내가 가고 있는 방향이 맞는지 확신도 없는데 속도마저 느린 것 같고, 시간이 지날수록 '이것이 맞다'는 확신이 짙어지는 게 아니라 예전만큼 어리지도 않다는 사실만 확실해진다. 태연해지기 쉽지 않다. 1월이 되어 새로운 계획을 세울 기회가 다시 돌아왔지만 한걸음을 내디딜 용기는 옅어진다. 신중하게 고민하는 와중 게으름뱅이라는 질타를 받기도 한다. 그저 나에게 필요한 만큼 생각하고, 걷고, 쉬고

싶을 뿐인데. 내 사이클이 다른 것을 왜 비난하지? 나만의 속도와 방향이 있다고 생각하면서도 왜 그것에 마음을 쓰지? 평온치 못한 나 스스로가 마음에 들지 않는다.

매년 1월 1일에는 지난 연말 미리 준비해 두었던 무선 다이어리를 꺼내 적고 싶은 대로 적는다. 내가 적는 것에는 제한이 없다. 평소 가지고 싶었던 것, 사려고 마음먹었지만 비싸서 망설였던 것, 여행 가고 싶었던 곳, 당장 먹고 싶은 음식, 사랑하는 사람에게 해주고 싶었던 요리, 새로 배워보고 싶은 것, 키우고 싶은 꽃, 공부해야 할 식물, 준비해야 할 시험, 지난해에 이어 더욱 박차를 가해서 준비해야 할 일, 읽고 싶은 책, 쓰고 싶은 글….

다이어리에 쓰는 새해의 욕망들은 단순한 단어가 아니라 씨앗이다. 의미 없어 보이는 단어와 단어들을 적어나가다 보면 연결되는 것들, 혹은 새로이 파생되는 것들이 생긴다. 시간이 흐르면 씨앗에 싹이 터 다른 것들과 덩굴처럼 얽힌다. 그리고 나서야 내가 가려고 했던 방향과 의미가 조금씩 드러난다. 단어로서만 존재하던 순간에는 알 수 없었던 것이다. 씨앗을 뿌리는 그 순간에는 이 씨앗이 얼마나 큰 꽃을 품고 있는지 알지 못한다.

양귀비의 씨앗은 이게 먼지인지 씨앗인지 분간이 잘 안 될 정도로 작지만, 그 안에서 피어나는 꽃은 씨앗이 완두콩 만 한 스위트피의 꽃보다 훨씬 크다. 작은 씨앗 안에 보이지 않는 꽃의 지도가 압축되어 새겨져 있듯 나도 모르게 나를 원하는 방향으로 조금씩 이끌어가고 있는 것인지도 모른다.

헬레보루스를 보라. 정반대의 시간을 살면서 겨울을 대표하는 꽃이 된 것을. 불안으로 몸과 마음이 모두 굳어져 있다면 헬레보루스의 줄기처럼 유연하게 생각할 필요가 있다. 다른 사람의 속도와 방향으로 나를 재단하지 말자. 타인의 불안한 시선을 내 것처럼 느낄 필요가 없다. 다른 꽃들이 봄볕에 꽃망울을 터뜨리기 시작할 때도 자기만의 속도와 시간을 가지고 기다렸기에 헬레보루스는 겨울 꽃시장에서 사랑받는 꽃이 될 수 있었다.

헬레보루스의 꽃말은 두 가지이다. 하나는 '나의 불안을 진정시켜 주세요', 또 다른 하나는 '존재 이유'다. 완벽해 보이는 헬레보루스도 자신이 향하는 방향과 속도가 불안했던 걸까? 존재 이유와 불안을 동시에 꽃말로 가지고 있다니, 그것조차 참 자기다운 꽃인 것 같아 마음에 든다. 불확실함에 흔들리는 감정은 살아있는 것들만이 가질 수 있는 특별함이다.

결국 시작과 끝의 페이지는
내가 넘기는 것

2월, 라넌큘러스

습자지처럼 얇은 꽃잎이 셀 수 없이 겹겹이 쌓인 라넌큘러스^{Ranunculus}를 좋아한다. 아주 오랫동안 내가 사랑하는 꽃 No.1 자리를 차지하고 있는 꽃이다. 땡땡한 얌체공처럼 작은 봉오리의 라넌큘러스는 시간이 지나면서 얇은 꽃잎을 한장 한장 펼치며 우아한 얼굴을 드러낸다. 그럴 때마다 이렇게 많은 꽃잎이 이 작은 봉오리 안에 들어있었나 싶어 놀란다.

사람들은 꽃을 살 때 활짝 핀 꽃보다 곧 피어날 봉오리를 사고 싶어 한다. 만개한 꽃보다 조금 더 오래 볼 수 있지 않을까 하는 생각 때문이다. 하지만 야속하게도 활짝 피어나

는 얼굴을 보여주지 않은 채, 봉오리 상태 그대로 시드는 꽃도 많다. 사람도 꽃도 늘 원하는 대로 되지는 않는다. 하지만 라넌큘러스는 봉오리 상태로 사도 잘 피어나는 꽃 중 하나다. 봉오리부터 만개한 상태까지 모두 보여주는 라넌큘러스는 플로리스트의 입장에서 보자면 아주 기특하고 만족스러운 녀석이다.

그럼 라넌큘러스가 질 때는 어떤가. 라넌큘러스는 시간이 지날수록 점점 더 활짝 벌어져 귀를 뒤로 젖힌 강아지처럼 그 얇디얇은 꽃잎을 빠짐없이 모두 펼쳐 보인 다음, 순식간에 모든 꽃잎을 화르르 떨어뜨리고 져버린다. 어젯밤만해도 만개한 화려한 꽃이었는데 아침에 일어나 보니 막대기 같은 줄기만 꽃병에 꽂혀있고 꽃잎은 바닥에 수북이 쌓여있는 광경을 자주 본다. 그럴 때면 나는 라넌큘러스라는 책 한 권을 읽을 것 같은 기분에 빠지곤 한다.

기특한 라넌큘러스는 작고 둥근 공 같은 모습에서부터 점점 부풀어 피어나는 모습, 숨을 멈출 만큼 풍성한 순간, 그리고 미련 없이 작별을 고할 때까지 아주 분명한 기승전결을 보여준다. 라넌큘러스의 모든 순간은 라넌큘러스의 것이다. 그 벅찬 순간 무언가를 거들고 싶어도 내가 할 수 있는 건 겨우 매일 꽃병을 깨끗이 닦고 시원한 물을 넣어주는 정도다.

거창한 마음으로 이런저런 계획을 세우며 1월을 시작했지만 그 기분은 2월의 시작과 함께 사라질 때가 많다. 올해가 시작된 지도 얼마 되지 않았는데 마치 죽자마자 인생 2회차를 시작한 사람처럼 쉴 새 없이 달려온 기분이 든다. 하지만 지친 기분과는 다르게 돌아보면 남아있는 흔적이 거의 없다.

그 괴리에 현타가 오면 연초부터 슬럼프에 빠지는 건 시간문제다. 무언가 잘 풀리지 않는듯 보이는 내게, 사람들은 너무 쉽게 이런저런 한마디를 보탠다. 그러면 나도 다양한 시도도 하고 있고, 트렌드도 알고 있다고 아무렇지 않게 답하며 웃고 넘기지만 어쩐지 어색하게 표정 관리가 되지 않는다. 남들이 다 아는 것을 내가 모른다고 생각하는 건가 싶어 기분이 상한다.

그냥 쭈구리가 되어 뜨끈하고 어두운 이불속으로 기어들

어가 넷플릭스 영화 목록이나 훑어보며 시간을 죽이고 싶은 유혹이 든다. 이럴 때마다 분명한 기승전결을 가지고 자기라는 책을 스스로 열고 닫는 라넌큘러스를 떠올린다.

지금 나는 마치 얌체공만큼 보잘것없어 보이는 라넌큘러스 봉오리일지도 모른다. 그 안에 얼마나 풍성한 내용이 숨어있는지 아직은 알 수 없는. 땡땡한 봉오리의 첫 잎은 오직 나만이 열 수 있다. 누군가의 조언도 경험도 비난과 협박도 소용이 없다. 이 시작 페이지만 넘기면 그다음은 조금 더 수월해질 것이다.

나는 속을 감춘 작은 봉오리, 한장 한장은 보잘것없는 얇은 꽃잎이다. 하지만 천천히 시간을 들여 모두 펼치고 나면 그땐 알 수 없었던, 나를 멈추게 했던 어려운 부분이 나의 전부가 아니라 이 모든 과정의 한 부분이었음을 알 수 있게 될 것이다.

미모사
Acacia

꽃말: 숨긴 사랑, 비밀스러운 사랑

시간의 흐름에는 경계가 없다. 우리가 시계와 달력으로 나누어 놓은 시간과 날짜는 개념상의 발명품일 뿐. 그래서 봄 여름 가을 겨울의 꽃을 딱 부러지게 나누는 것도 쉽지 않다.

대부분의 꽃은 개화기가 있지만 그 기간 안에서도 먼저 피는 꽃이 있고 나중에 피는 꽃도 있다. 그러니 몇 월 며칠이라고 콕 집어 말할 수는 없지만, 꽃시장에 나오는 양이 가장 많을 때가 가장 품질이 좋다.

꽃들의 흐름으로 시간의 흐름을 느끼듯 꽃시장에 등장할 때 계절의 시작을 알리는 강렬한 인상을 가진 꽃이 있다. 봄은 포피, 여름은 미국자리공, 가을은 로자(장미열매), 겨울은 바로 '미모사'다.

어릴 적 보았던 순정만화에서 여자 주인공이 남자 주인공을 스쳐 지나갈 때 미모사의 향을 남겼다고 묘사한 지문이 있었다. 그때의 나는 미모사가 뭔지, 미모사 향이 어떤지 전혀 몰랐지만 누군가를 돌아보게 만들고 끌리게 만드는 향인가 보다고 막연히 상상했던 기억이 난다. 대체 무슨 향이길래 사랑의 여운을 남길까 궁금했는데 성인이 된 후 향수 가게에서 미모사를 다시 만났다. 셀 수 없이 많은 향수에 미모사의 향이 들어있었다. 여러 향이 섞여 있긴 했지만 어렴풋이 순정만화 속 여자 주인공의 향기를 떠올려볼 수 있었다.

그렇게 미모사에 대한 기억이 흐릿해져 갈 때쯤, 꽃시장에서 신싸 미모사와 마주쳤다. 콩알보다 작은 미모사의 노란꽃은 보송보송한 털뭉치처럼 생겼다. 트리에 매달아 놓는

폼폼 장식의 초미니버전 같은 느낌이다. 뽀글뽀글 귀여운 미모사의 얼굴에 끌려 비닐에 싸여있던 미모사 한 단을 사왔는데 비닐 포장을 푸는 순간 알게 되었다. '아, 이거구나.' 뭐라 설명할 수 없는 향기였다.

수많은 꽃과 식물이 세상의 수많은 향수와 화장품 향의 원재료가 된다. 하지만 장미향의 수많은 화장품에서 느껴지는 향과 실제 장미향은 다르다. 통조림 햄을 먹을 때 햄이 돼지고기로 만들었다는 것도 알고 돼지고기 맛도 나지만 그 햄을 돼지고기라고 하기엔 거리감이 느껴지는 것과 비슷하다.

미모사의 향은 조금 다른 느낌이었다. 지금 살아있는 꽃의 향을 직접 맡고 있는데, 내 코로 느껴지는 것은 완성된 화장품이나 향수의 향 같았다. 살아있는 꽃 특유의 약간 거친 느낌이 거의 없고 매우 은은하고도 따뜻하면서 매혹적인 향이었다. 더 이상의 정제가 필요 없는 완성된 향기.

겨울 추위가 시작되면 꽃시장에 뿅 하고 노란 미모사가 등장한다. 나는 미모사가 등장하면 겨울이 시작됐다고 생각하며 향기를 가득 품은 미모사를 데려온다. 시간이 지남에 따라 자연스럽게 마르는 미모사로 리스를 만들어 걸어두면 그 따스한 향기가 겨울의 한기를 향기롭게 바꿔준다.

아네모네
Anemone

꽃말: 배신, 속절없는 사랑

내가 어릴 때 아네모네는 얼굴형이 네모나게 각진 사람을 놀리듯 부를 때 자주 쓰는 말이었다. '아, 네모네!'라는 뜻으로. 하지만 아네모네가 꽃인줄 알고있는 사람은 많지 않은 것 같다.

아네모네는 '네모'가 떠오르는 이름과는 다르게 각이 졌다기보다 둥근 느낌이 더 강하다. 꽃시장에서의 아네모네는 자세히 보지 않으면 그냥 지나치기 쉽다. 대부분 앙 다문 봉오리 형태로 유통되기 때문이다. 장미나 튤립, 라넌큘러스, 리시안셔스 같은 꽃들은 봉오리 형태여도 알아보기 어렵지는 않은데, 아네모네는 봉오리 상태일 때의 모습이 만개했을 때와 많이 달라서 활짝 피어있는 모습만 기억하는 사람들은 쉽게 알아보지 못한다.

포피(양귀비)와 얼핏 비슷한 듯하지만, 아네모네는 따로 껍질에 싸여있지 않다. 피어나기 전 봉오리의 모습은 포피처럼 좀 볼품이 없는 편이다. 목이 굽은 줄기는 꽃이 피지도 않았는데 시든 것처럼 보일지도 모른다. 특히 꽃봉오리 주위를 감싸고 있는 꽃받침은 물을 잘 먹지 않아 시들하거나 잘못 관리해서 찢어지면 지저분해 보인다.

하지만 아네모네는 매우 우아한 꽃이다. 보잘것없는 꽃봉오리는 컨디셔닝 후 따뜻한 실내에 두면 천천히 꽃잎을 펼쳐지며 완벽하게 벌어진다. 말 그대로 벌어진다는 설명이 정확하다. 어딘가 숨기는 부분 없이, 당당하게 얼굴을 쫙 펴고 드러낸다. 아네모네가 특별해지는 것은 이렇게 만개하고 난 뒤다. 피기 전에는 보이지 않던 꽃술 부분에서 생각지도 못했던 색을 만날 수 있기 때문이다.

앞서 자연에서 보기 힘든 꽃의 색으로 푸른색과 형광색을 꼽았는데, 그보다 더 만나기 어려운 것은 '검은색'이다. 검은색은 꽃에서 정말 보기 어려운 색이라 아예 열외로 친다. 그런데 바로 이 검은색이 아네모네 안에 들어있다.

아네모네의 종류는 빨강, 하양, 파랑, 보라 등 여러 가지가 있지만 꽃잎의 색이 어떤 것이든 안쪽 꽃술 부분은 모두 검은색을 띤다. 화사한 꽃잎과 검은 꽃술의 대비가 연약하지만 당당해 보이는 외양과 어우러져 우아한 느낌을 뿜어낸다.

물을 잔뜩 먹고 활짝 꽃잎을 펼친 아네모네는 지체 높은 집안의 영애랄까, 고귀한 공주님이랄까 태생이 귀하여 강한 사람처럼 보인다. 너풀너풀 지저분해 보이던 꽃받침은 이제 공주님의 망토 같다. 온도에 따라 눈에 보이게 빠르게 변화하기 때문에 피어나는 것을 가만히 지켜보는 재미도 있다. 불멍, 물멍 뿐 아니라 꽃멍도 꽤 괜찮은 취미다.

스카비오사
Scabiosa

꽃말: 이루어질 수 없는 사랑, 무에서의 출발

엄밀히 말하면 스카비오사는 겨울꽃이 아니다. 개화 시기가 6월~10월로 알려진 스카비오사를 겨울꽃에 이름을 올린 것은 나의 개인적인 이유 때문이다.

작년 여름쯤 우연히 내 SNS에 올린 꽃이 꽃 잡지 기자의 눈에 띄었고 그 인연으로 시즌마다 잡지에 작품 사진을 싣기 시작했다. 농림축산식품부의 꽃 소비 촉진을 위한 '계절

꽃 프로젝트'를 진행하던 담당자가 잡지에 실린 내 작품을 발견했다. 그녀는 잡지에 소개된 내 작품이 마음에 들어 연락처를 수소문했다며 겨울 '계절꽃'으로 선정된 스카비오사로 사람들이 따라 쉽게 만들 수 있는 작품과 만드는 과정을 공유해 달라고 했다.

나는 스카비오사를 들고 고민에 빠졌다. 프로젝트가 성공하려면 '스카비오사'가 어떤 꽃인지 알 수 있도록 해야 하고, 더불어 얼마나 예쁜 꽃인지 보여주어야 했다. 게다가 이 프로젝트의 궁극적인 목표는 단순히 꽃을 예쁘게 꾸며 소개하는 것이 아니었다. 꽃을 잘 모르는 사람도 쉽게 따라 만들 수 있는 작품을 소개해 실제로 구매가 이어지도록 해야 했다.

처음 잡지에 연재를 시작할 때 고민이 많았다. 사람들의 눈을 사로잡을, 크고 화려한 것을 만들어야 하는 것 아닐까? 플로리스트들이 한껏 자신의 작품을 뽐내는 그 사이에서 내 꽃만 초라해 보이지는 않을까? 일단 기회를 얻고 그다음에 생각해 볼까?

하지만 나는 그러지 못했다. 매우 소중한 잡지의 두 페이지를 두고 며칠 밤을 새며 만든 디자인은 결과물로만 보자면 아주 소박했다. 만들기 어렵지도 않았다. 눈썰미 있는 사람이면 바로 따라 할 수 있는 정도였다. 작품이 실린 잡지를 모니터링하고 아주 조금 후회하기도 했다. 화려한 작품을 낸 플로리스트들의 작품과 사이즈부터 달랐기 때문이다. 후회는 잠시 뿐이었고, 내가 세운 기준을 지켰기 때문에 새로운 기회가 찾아왔다. 그 덕에 조금 느리지만 내가 원하는 방향으로 갈 수 있는 것이 아닐까 싶다.

연약해 보이지만 깔끔한 스카비오사의 아름다운 라인을 드러내고 여백 있게 꽂아 각각의 꽃송이가 잘 눈에 띄게 만들 것. 꽃을 모르는 사람도 금방 보고 따라 할 수 있을 것.

이렇게 기준을 세우고, 시험관을 활용한 어레인지먼트 디자인을 프로젝트 결과물로 제출했다. 인터넷에서 구매한 시험관 걸이대에 시험관을 꽂고, 그 안에 스카비오사를 한두 송이씩 꽂은 것이 다였다. 누가 만들더라도 5분이면 완성되는, 만들었다고 하기에도 민망할 정도의 작품이었다. 하지만 나에게는 무엇보다도 의뢰인이 가진 '의도'가 실력이나 솜씨를 뽐내는 것보다 중요했고 많은 사람들이 '나도 해볼 수 있겠는데?'라는 생각을 갖기를 바랐다.

스카비오사에게는 '무無에서의 출발'이라는 꽃말이 있다는 것을 알았을 때, 나는 꽃이 내 마음을 알아준 것 같은 기분이 들었다.

무스카리
Grape hyacinth

꽃말: 실의, 실망

꽃의 아름다움을 구분하는 나만의 기준이 몇 가지 있다. 작
약이나 호접, 줄리엣 장미 같은 아이들은 '여신 같은 아름다
움'을 가진 꽃이다. 강한 혜라 여신처럼 어딘지 모르게 범접
할 수 없는 아우라가 있다. 이런 꽃들은 '우와⋯.' 하며 그 아
름다움을 우러러보는 마음으로 감상한다.

　다음으로는 '수줍은 아름다움'을 가진 꽃인데 포피, 스위트피, 마가렛, 니겔라, 코스모스, 스카비오사, 그린벨 같은 꽃이 여기 속한다. 여성스럽긴 하지만 조심스럽고 소극적인 느낌을 준다. 이 꽃들은 '어떻게 피고 지는지 보자'고 생각하며 따뜻한 관찰자의 마음으로 감상한다.

그리고 마지막으로 '앙증맞은 귀여움'을 무기로 삼은 비올라 팬지, 골든볼, 폼폼국화 같은 꽃들이 있다. 주로 동글동글하거나 자그마한 얼굴을 가지고 있다는 공통점이 있다. 마치 천진난만하게 와글와글 떠들며 뛰어노는 유치원생 같은 느낌이다.

내가 가장 좋아하는 꽃은 '수줍은 아름다움' 카테고리에 속한 것들이 많다. 슬며시 내 생활 속에 스며들어 조용히 함께 시간을 보내는 꽃들을 선호하기 때문이다. 반면 '앙증맞은 귀여움' 카테고리에 있는 꽃은 선호하지 않는다. 나는 많은 사람이 귀엽다고 소리치는 폼폼국화나 골든볼 같은 종류는 이상하게 눈길이 가지 않는다. 정형적인 느낌이 싫다. 늦겨울부터 초봄까지 볼 수 있는 무스카리는 귀여움 카테고리에 속해 있어도 좋아하는 꽃이다.

튤립, 히아신스, 수선화와 더불어 대중적인 구근식물 중 하나인 무스카리는 절화보다는 분화로 많이 접하는 꽃이다. 같은 구근식물이지만 튤립이나 히아신스가 거의 사계절 내내 꽃시장에 등장하는 것과는 다르게, 무스카리는 1~2월경 꽃시장에 짧게 나타났다가 사라진다. 기간이 짧은 만큼 나는 무스카리를 만나는 시간을 기다린다.

무스카리의 꽃은 작은 포도송이를 거꾸로 엎어놓은 것처럼 생겼다. 영어 이름이 그레이프 히아신스^{Grape Hyacinth}라고 불리는 것만 봐도 얼마나 포도를 닮았는지 알 수 있다. 포도 뒤에 붙는 히아신스라는 이름에서 향기가 있는 꽃임을 추측할 수 있다. 학명 중 속명에 해당하는 '무스카리'는 '사향 냄새가 나는^{Musk}'의 뜻을 가진 그리스어 'Muschos'에서 유래했다고 한다. 그러니까 이 깜찍한 꽃은 포도를 닮은 얼굴을 하고, 히아신스와 사촌지간이면서 사향을 풍긴다. 작지만 꽤 흥미로운 이야깃거리를 담고 있는 매력적인 꽃이다.

사람도 그렇지만, 꽃도 바로 파악되고 단편적인 것들보다 궁금증이 생기는 것, 매일 조금씩 새로운 것을 보여주는 것, 그리고 항상 그 자리에 있는 것보다 내가 애써야 만날 수 있는 것들이 더 흥미롭다.

　나는 무스카리 같은 할머니로 늙고 싶다. 앙증맞은 얼굴로 언제나 즐겁게 까르르 웃으며 새로운 이야깃거리를 꺼내어 보이는 은은한 향기가 있는 작은 할머니.

마야의 플라워 레슨

'꽃을 배운다는 것'은 정의 내리기 까다롭다. 꽃의 무엇을 배운다는 것인지 어떤 기준을 세우느냐에 따라 전혀 다른 분야로 연결되기 때문이다. 이런 모호함은 '꽃'을 직업으로 삼는다는 것과도 연결된다. 누군가는 겨우 '꽃집'을 하는데 왜 전문가인척하냐고 폄훼하기도 하고, 누군가는 이 경계 없는 배움 앞에 막막한 어려움을 느끼기도 한다. 몇 달만 배워도 '플로리스트'라 불릴 수 있지만 몇 년을 배워도 아직도 부족한 것 같기도 하다.

꽃에 대해 알면 알수록 자연과 환경, 나를 둘러싼 계절의 흐름을 통해 아름다움을 느낀다. 그래서 시간이 지날수록 나의 플라워 레슨의 방향은 자세하고 명확하게 꽃을 다루는 법에서 꽃을 어떻게 볼 것인가에 대한 개념적인 것으로 조금씩 옮겨갔다.

여기에서는 마주 앉아 서로 교감하며 꽃에 대한 고민을 나누는 것이 어렵기 때문에 어떻게 설명해야 할까 고민이 많았다. 이 책을 통해 벌써 일 년, 열두 달을 채우고 있는 다양한 꽃과 그들의 특징을 자세히 살펴보았다. 이제 꽃을 향한 애정이 여러분에게 가득하리라 믿고 꽃을 다루는 방법과 구성하는 방법을 명쾌하고 단순하게 설명하고자 한다. 이 방법들은 아주 기본적인 내용이므로 그 어떤 작품에도 응용할 수 있다.

수업에 들어가기 전에 무엇보다 '절대 욕심내지 말라'고 말해주고 싶다. 준비하는 꽃의 양도, 자신이 만들어낸 작품의 완성도도 그렇다. 첫술에 배부를 수 없다. 한두 송이의 꽃을 집에 들이는 것부터 시작해보자. 잘 아는 꽃, 매번 사는 꽃이 아니라 낯선 꽃, 이름을 처음 들어보는 꽃 혹은 그 계절에 꽃집 주인이 좋아하는 꽃을 추천받아 집으로 데리고 오자. 낯설지만 이번에 만난 새로운 꽃이 내가 좋아하는 꽃 리스트에 추가될지도 모른다.

꽃집에 가기 전 훑어보고 가면 좋을 리스트

몇 송이만 낮게
꽂아두어도 좋은 꽃
라넌큘러스, 튤립, 다알리아

한두 대만 투명한 유리병에 꽂아
자연스럽세 늘어진 선을 즐기기 좋은 꽃
조팝나무, 포피, 스위트피, 클레마티스, 노박덩굴

한 송이만 꽂아도
한 다발처럼 보이는 꽃
작약, 수국

자연스러운 분위기를 연출하는데 좋은 꽃
미니 델피니움, 여뀌, 헬레보루스, 코스모스

개망초(꽃시장에서 구할 때는 비슷한 마트리카리아)

리스나 갈란드를 만들 때
사용하면 좋은 꽃
노박덩굴, 수국(주로 앤틱수국)

꽃을 준비할 때는 사거나 키우거나 줍거나 어떤 것도 상관 없다. 다만 주울 때는 주인이 있는 것은 아닌지, 법적으로 문제가 되지는 않는지 좀 더 까다롭게 굴 필요가 있다. 아무리 잡초라고 해도 사유지의 꽃은 꼭 주인에게 물어보고 채집해야 한다.

꽃을 키울 때는 시간과 정성이 꽤 들어간다. 화분으로 키운 꽃을 과감히 자르는 것은 마음 아픈 일이 될 수 있으니 꽃은 편한 방법으로 구매하자. 가지치기나 순자르기가 필요한 식물을 키우고 있다면 자른 가지와 잎을 활용해 꽃과 함께 장식해보자. 아이비나 고사리 종류는 키우기도 쉽고 볕이 많이 들지 않는 베란다에서도 잘 자라고 자주 줄기를 잘라도 금방 자라는 편이다.

꽃을 살 수 있는 곳은 동네 꽃집, 꽃시장이 있다. 요즘은 온라인으로도 꽃을 주문할 수도 있다. 어떤 것이든 자신에게 편한 방법으로 선택하면 된다. 동네의 꽃집은 내 취향과 비슷한 취향을 가진 주인이 있는 곳을 발견하면 여러모로 편하다. 꽃집의 단골이 되면 구하기 힘든 꽃이나 특가로 나온 꽃을 가장 먼저 소개받고 데려갈 수 있다. 온라인은 실물을 확인하기 어렵고 한여름과 한겨울에는 택배로 배송이 오는 동안 꽃이 시들 수 있다는 단점이 있지만, 누군가와 관계를 맺고 직접 가야 하는 것이 귀찮고 어려운 사람에게는 좋은 방법이다.

만약 꽃에 대해 잘 모른다면 처음부터 꽃시장에 가는 것은 권하지 않는다. 가서 구매하는 꽃은 소국, 장미, 시넨시스나 스타티스가 될 가능성이 크다. 이 꽃들이 나쁘다는 것이 아니라 가격이 싸거나 눈에 익은 꽃만 사게 된다는 뜻이다. 다양한 꽃을 먼저 경험한 후에 꽃시장에 가보는 것을 추천한다.

준비해야 할 것
꽃가위, 꽃병

꽃을 손질하기 위해서 꽃가위는 준비하는 것이 좋다. 처음에는 유명한 메이커의 제품보다 저렴하지만 날이 잘 드는 것으로 사는 것을 추천한다. 대중적인 꽃 가위는 5천 원 안팎이면 살 수 있다.

꽃병은 물을 담을 수 있는 것이면 아무거나 상관없다. 집에 있는 병, 그릇, 대접, 다 먹고 난 후의 음료병이나 캔 등 상관없다. 작은 병에 한두 송이를 꽂는 것부터 시작해보자.

꽃이 예뻐서 이것저것 사와 꽃병에 꽂아두었는데 각각은 예
쁘지만 함께 두니 어딘지 모르게 안 어울리고 어수선했던
적이 있을 것이다. 꽃을 고를 때 어떤 꽃을 고를 것인지 기준
이 필요할 때 유용하다.

얼굴이 크고, 형태가 명확한 꽃 메인 플라워

작약, 장미, 라넌큘러스, 튤립, 카네이션처럼 한대에 한 송이가 피어있는 꽃이라고 생각하면 쉽다. 꽃다발이나 꽃꽂이의 전체적인 얼굴을 담당한다.

얼굴이 작고 오밀조밀하게 모여 피는 꽃 필러 플라워

안개꽃, 소국, 코스모스, 스위트피, 패랭이, 물망초 등과 같이 한대에 작은 꽃이 여러 개 달린다. 한눈에 꽃의 얼굴이 파악되지 않지만 큰 꽃들 사이의 공간을 채워주는 역할을 한다.

녹색의 잎이나 가지, 열매 같은 것들 폴리지

꽃과 꽃 사이를 자연스럽게 연결하는 역할을 한다. 꽃만 있으면 자연스러운 느낌이 덜한데 가지나 잎, 열매나 씨앗 꼬투리 같은 것을 함께 사용하면 전체적으로 자연스러워 보이고 인위적인 느낌을 덜어준다. 너무 많이 사용하면 전체적으로 어두워 보일 수 있어 적당히 사용하는 것이 좋다.

위의 세 가지 구분된 꽃들을 약 2:3:1 정도의 비율로 넣으면 자연스러운 꽃다발이나 꽃꽂이가 된다. 물론 이 비율이 절대적인 것은 아니다. 큰 꽃들만 넣거나 작은 꽃들만 넣거나 잎만 가지고 만들거나 어느 하나를 제외한다거나 비율을 다르게 만들 수도 있다. 항상 공식에 따라 만들어야 하는 것은 아니지만 기본적인 공식을 따르면 안전하다. 호불호 없는 선택을 해야 할 때는 공식을 따라보자.

색은 정말 미묘하고 작은 차이로도 큰 결과의 차이를 만들어내기 때문에 조언하기 어려운 부분이다. 아주 오랫동안 꽃을 공부하고 다뤄본 사람들에게도 까다로운 영역 중 하나다. 하지만 이것 하나만은 꼭 기억하자. '색깔에 현혹되지 말 것'.

꽃은 그 자체로도 아름다운데 선명하고 매력적인 색을 가지고 있으니 선택에 어려움이 따른다. 그러다 보면 예뻐 보이는 여러 가지 색의 꽃을 구입하기가 쉽다. 하나하나 따로 볼 때는 너무나 아름다웠던 꽃이지만 명확하지 않은 기준 아래에 모아놓으면 촌스러워진다.

꽃은 꽃시장에서 고르는 것이 아니다. 이미 꽃을 사기 전에 어떤 꽃을 살지, 어떤 컬러를 살지, 어떤 구성과 비율로 살지 결정하고 그것을 찾아 매치해야 한다.

유사 색을 사용할 경우

유사 색은 흥미나 재미는 덜하지만 안정적이고 세련되어 보인다. 테마로 정한 컬러를 중심으로 비슷한 컬러의 꽃을 고른다. 이때 색은 비슷하더라도 질감(텍스처)에 차이를 둔다거나 꽃의 크기를 모두 다르게 해 지루함을 없앨 수 있다.

보색을 사용할 경우

보색을 사용하면 유사 색만 사용할 때보다 지루함이 줄어들지만 자칫 잘못하면 촌스러워질 수 있다. 보색의 종류나 양을 적절히 조절하는 것이 좋은데, 유사 색으로 팔레트를 구성하고 한두 송이만 보색으로 준비하여 전체 양에서 20퍼센트 이내로 꽂아보자. 늘리거나 줄여도 된다. 비율에 집착하기보다 실제로 만들면서 결정하는 것이 좋다.

오늘 핑크색 꽃으로 꽃꽂이를 하기로 마음먹었다면 그 날 고르는 모든 꽃은 핑크 계열을 벗어나지 않아야 한다. 더 예쁜 노란색, 주황색의 꽃을 발견했더라도 핑크색을 찾아야 한다. 포기할 수 없을 정도로 아름답다면 핑크색을 포기하고 새로 정한 꽃의 색을 기준으로 다시 시작하는 것이 좋다.

핑크라도 연핑크, 진핑크, 핫핑크 등 다양한 핑크가 있기 때문에 고르는 재미가 있다. 처음에는 가장 예쁜(그날 사고 싶었던 것과 가장 가까운) 핑크색의 꽃을 고르고 그 색을 기준으로 약간씩 진하거나 연한 것을 찾아서 더해보자.

꽃을 꽂는 방법과 만들 수 있는 형태는 너무나 방대하므로

하나하나 설명하기는 힘들지만, 수많은 디자인을 만들어보

고 내린 결론이 있다. '꽃이 가진 특유의 개성을 살리는 디자

인'이 가장 멋지다. 줄기가 멋지게 구부러진 꽃은 구부러진

선이 돋보이게, 얼굴이 크고 화려한 꽃은 얼굴이 돋보이게,

키가 큰 꽃은 길게, 짧은 꽃은 낮게 꽂는다. 화단에 있는 것처럼 앞을 보는 꽃도, 옆이나 뒤를 보는 꽃도 적당히 배치하는 것이 좋다.

처음에는 큰 꽃병보다 두어 송이만 꽂을 수 있는 꽃병을 준비하여 여러 개를 만들어 보는 것을 추천한다. 작은 작품을 여러 개 만들면 방마다 올려놓고 감상할 수 있다.

꽃병에 꽃을 꽂을 때는 줄기의 선을 드러내야 하는 경우를 제외하고는 줄기가 많이 보이지 않도록 길이를 조절하는 것이 좋다. 하지만 꽃들이 모두 같은 높이여서 서로 얼굴을 가리거나 덩어리져 보이지 않도록 꽃의 높낮이를 세밀히 조절해서 꽂아준다. 최대한 꽃병과 꽃이 따로 노는 것처럼 보이지 않아야 하는데, 꽃병에 가장 가까운 꽃은 꽃병에 얼굴이 걸쳐져 있는 것처럼 줄기가 거의 보이지 않는 높이로 자른다. 길이가 긴 꽃병보다 적당히 나즈막한 꽃병이 활용도가 높고 꽃을 꽂기가 쉽다. 입구가 넓은 꽃병은 꽃의 양을 많이 사용하지 않으면 형태가 고정되지 않아 꽃들이 퍼져 보일 수 있다.

얼굴이 크고 무거운 꽃들이 너무 길고 높은 곳에 있으면 전체적으로 뭉툭하고 무거워 보인다. 그런 꽃들은 아래쪽, 잘 보이는 곳에 놓고 가늘고 긴 꽃들을 상대적으로 높은 위치에 둔다. 꽃의 종류에 따라 경계가 생기지 않게 그라데이션을 주며 위치를 잡는다. 꽃의 사이 사이를 작고 오밀조밀한 꽃(필러플라워)과 녹색의 잎이나 가지, 열매 같은 것(폴리지)을 넣어 자연스러운 느낌으로 연결해주면 좋다.

뿌리가 없는 꽃은 잘린 줄기 끝 단면으로 물을 마신다. 물에 닿는 표면적이 넓어지도록 사선으로 깔끔하게 자르고, 물에 잔잎이나 가지가 닿지 않도록 다듬어 준다. 물에 잎이나 잔가지가 들어가면 물이 금방 부패해 그 물을 마시는 꽃이 금방 시든다.

꽃을 꽂을 때 확인할 것
- 꽂은 꽃의 줄기 끝이 모두 물에 들어가 있는지 확인할 것
- 물속에 잎이나 가지, 꺾이거나 부러진 줄기가 들어가 있지 않은지 확인할 것
- 꽂은 꽃들의 높낮이가 다른지 확인할 것
- 무게중심을 고려하여 불안정하거나 위가 무거워 보이지는 않는지 확인할 것

땅을 떠나 우리에게 오는 꽃들을 '절화'라고 하는데, 절화는 뿌리가 아닌 잘린 줄기의 끝의 수관으로 물을 먹는다. 그 수관이 막히거나 물의 상태가 좋지 않으면 꽃의 수명에 큰 영향을 미친다.

꽃의 줄기를 짧게 잘라 꽂는 것을 꺼리는 경우가 있는데 실제로는 줄기가 짧은 꽃들이 더 오래가는 편이다. 절화는 줄기 끝으로만 물을 마시기 때문에 줄기가 길어지면 물을 빨아들여야 하는 경로가 더 길어진다.

오래 보고 싶은 꽃이라면 줄기를 너무 길게 꽂아놓지 말자. 또 매일 조금씩 줄기를 잘라주면서 마르거나 부패하는 수관을 뚫어주는 것이 좋다. 처음에는 안이 들여다보이는 투명한 유리 꽃병으로 시작하는 것이 좋다. 유리 꽃병은 물의 상태와 꽃이 물을 얼마나 먹었는지도 확인할 수 있다. 뿌리가 없어도 꽃은 물을 먹는다. 줄기 끝이 물밖에 드러나지 않도록 물을 채워준다.

온도도 꽃의 수명에 영향을 미치는 중요한 요인이다. 여름꽃의 수명이 짧고 겨울꽃의 수명이 긴 것은 꽃 자체의 문제라기보다 온도의 차이 때문인 경우가 많다. 대부분의 꽃은 후끈한 것보다 서늘한 것을 선호한다. 꽃집의 꽃 냉장고가 10°C~15°C 정도의 온도를 유지하는 것은 바로 그 때문이다. 꽃 냉장고의 온도는 꽃의 생장을 멈추는 온도다. 꽃을 빨리 피우고 싶다면 따뜻한 곳으로 옮기면 되지만 꽃이 오랫동안 피어있길 원한다면 집에서 가장 서늘한 곳에 두고 감상하는 것을 추천한다.

꽃을 관리하는 방법

- 꽃병 안의 꽃도 며칠이 지나면 줄기 끝이 흐물거리거나 녹는다. 줄기가 단단한 부분까지 다시 자르고 나서 꽂아주어야 한다.
- 물은 매일 갈아주는 것이 좋다. 락스나 설탕물, 아스피린 같은 것으로 수질을 관리하기보다는 매일 미끌거리는 꽃의 줄기를 흐르는 물에 씻고, 꽃병도 깨끗하게 닦아서 시원한 물을 채워 다시 꽂아주는 것이 가장 확실한 수명 연장의 방법이다.
- 환기와 통풍이 잘되는 곳, 서늘한 곳에 둔다. 꽃이 직사광선과 세찬 바람에 노출되지 않도록 한다.

일 년 열두 달의 흔들리는 꽃 그리고 나

나는 꽃을 사랑하고 제 시기에 맞춰 꽃을 풍성하게 내어주는 자연을 존중한다. 자연에 대한 존중 없이 꽃을 사랑한다는 건 말이 되지 않는다. 하지만 부끄럽게도 꽃을 시작하고 아주 오랫동안 플로랄폼이 환경을 오염시킨다는 자각이 없었다. 아무도 알려주지 않았고 나 역시 굳이 더 알아보려고 하지도 않았다. 그저 '예쁘게 만드는 것'에만 집중했을 뿐 내가 만든 꽃이 어떻게 끝나는지 궁금하지 않았다.

플로랄폼의 환경문제, 미세플라스틱 문제를 알게 된 후로 다시 플로랄폼을 사용할 수 없게 되었다. 알면서도 그것을 사용한다는 건 자연에 대한 존중을 포기한다는 것이나 마찬가지인 것 같았다. 자연에서 온 것을 즐기기 위해서 아주 최소한의 수고로움은 기꺼이 감내해야 한다.

플로랄폼을 쓰지 않으면 꽃을 만들 때 표현이 훨씬 자유롭고 자연스러워진다. 꽂아서 단단히 고정하는 형식이 아니기 때문에 만들면서 형태가 계속 변하기도 하고, 처음의 의도와는 다른 모양이 나오기도 한다. 그 과정에서 예측하지 못한 멋진 결과물을 만나는 경험도 했다.

만드는 나도 완성했을 때 정확히 무엇이 나올지 알 수 없으므로 꽃을 할 때 나의 역할이 '내가 꽃을 통제한다'는 개념에서 '그 꽃이 있어야 할 가장 알맞은 자리를 찾아준다'는 개념으로 변했다. 그것은 나로 하여금 무언가를 완전하게 완성해야 한다는 부담감은 덜어주고 대신 내가 좋아하는 꽃을 세심히 관찰하고 더 즐길 수 있게 해주었다. 물론 플로랄폼을 사용할 때보다 제작 시간이 더 많이 걸리고 고민도 더 많이 해야 한다. 그래도 만족스러운 결과물을 통해서만 행복을 느끼던 것에서 벗어나 과정의 즐거움을 배로 느낄 수 있게 되었다.

요즘 나는 플로랄폼을 사용한 꽃바구니를 판매하지 않는 대신 물을 채운 화병에 꽃을 꽂아서 판매하는 식으로 상품 구성을 변경했다. 플로랄폼을 사용하지 않는 이유에 대

한 나의 짧은 설명에도 많은 분이 의도를 이해해주었고, 쓸모없는 바구니 대신 공짜 화병이 생긴 것을 기뻐했다. 지금 꽂혀있는 꽃이 시들면 다른 꽃을 사다가 채울 수 있다는 것이 그들에게는 또 다른 즐거움이 된 것 같았다.

물을 매일 갈아주어야 한다는 것, 줄기 끝이 무르지 않게 며칠에 한번은 조금씩 잘라주어야 한다는 것도 매번 일일이 설명했다. 자연도 나도 꽃도 모두 다 행복할 수만 있다면 그 정도의 수고로움이야 감수할만한 것이었다.

세상만사가 귀찮은 것 투성이던 나에게는 스스로도 놀랄만한 변화였다. 아무도 알아주지 않는 것, 힘은 더 들고 내 주머니에서 나가는 건 더 많은 일을 '이만하면 할만해'라고 생각하다니.

사람들은 꽃이 너무 빨리 시든다, 시드는 것이 아깝고 시드는 걸 보는 게 아쉽다는 이야기를 많이 한다. 꽃의 수명이 중요한 것이라면 영원히 시들지 않는 조화가 생화보다 더 높은 가치를 가졌을 것이다. 하지만 이 세상의 모든 조화는 생화의 아류작일 뿐, 그 누구도 조화가 생화보다 아름답다고 생각하지 않는다. 또 꽃의 모양과 형태를 흉내낸 예술작

품은 많지만, 우리는 그것이 꽃이라고 생각하지 않는다.

꽃은 아무것도 흉내내지 않는다. 그 자체로 의미가 있기 때문이다. 그러니 꽃이 시드는 것에 대해 집착해 아까워할 필요가 없다. 꽃은 본래 시든다. 아니, 시들기 때문에 의미가 있다고 할 수도 있겠다.

시들어야 진짜 꽃이다. 그것을 깨달은 후로 나는 꽃이 시들어가는 시간을 안타까워하지 않고 온전히 끝까지 즐기기로 마음먹었다. 그 누구도 시간의 흐름을 멈출 수는 없고, 꽃의 운명 또한 내가 바꿀 수 없다. 내가 할 수 있는 건 단지 그 모든 시간을 놓치지 않고 보아주는 것뿐.

가둘 수 없는 것을 보내 주는 것, 어쩔 수 없는 것을 포기하는 것, 그리고 주어진 시간을 즐기는 것 모두 꽃에게서 배웠다.

꽃이 한 송이를 활짝 피우려면 씨앗의 껍질을 뚫고, 언 땅을 비집고 올라와야 한다. 자신을 갉아먹는 벌레들과 싸우고, 원하는 바를 위해 나비와 벌을 유혹한다. 또 쉬지 않고 물과 양분을 부지런히 섭취해야 한다. 겨우 십일간만 피어있

는 꽃도 그렇게 아름답게 자신의 삶을 살아낸다. 우리에게 주어진 시간은 유한하지만 그 시간은 연속적이다. 어느 한순간을 끊어서 살거나 잠시 멈출 수도 없다. 그러니 어떤 결과에 도달하는 것을 목표로 삼을 것이 아니라 그 과정을 만들고, 고치고, 즐기는 것을 목표로 삼는 것이 맞지 않을까? 주어진 것이 끝날 때까지, 한순간 한순간 소중히 말이다.

처음 꽃을 시작하게 된 이유는 아주 단순했다. 항상 예쁜 것을 보고 싶다는 이유, 하나뿐.

내가 꽃을 대하는 태도나 가치관은 한순간에 정립된 것이 아니다. 천천히, 나를 찾아온 꽃들을 즐기다 보니 조금씩 드러나고 변화했다. 중간중간 나의 평범한 재능에 실망하기도 하고 우울해하기도 했지만 꽃은 언제나 변함없이 가장 아름다운 얼굴을 나에게 보여주었다. 그것이 나의 열정에 끝없는 연료가 되어 주었다.

나는 꽃이 알려주는 것을 통해 지금도 계속해서 바뀌거나 단단해지고 있다. 어떤 방향을 향해 가는지는 잘 모르겠다. 인생의 흐름이라는 건 내가 통제할 수 있는 게 아니니까.

나는 내 인생의 방향을 전체적인 관점에서 바라볼 수 없다. 미로 안에 있는 사람이 미로 전체를 볼 수 없는 것처럼 살아있는 동안은 당연히 그럴 것이다. 그저 지금 주어진 것을 통해 판단하고 결정하고 그 결과를 받아들이거나 내 결정을 수정하고 다시 시작할 수밖에 없다.

앞을 알 수 없으니 막막하고 두렵고, 답답한 것은 나만의 일만은 아닐 것이다. 이미 자신의 인생을 절반 이상 살아낸 사람들이라고 다를 리 없다.

모두의 삶에는 각자의 길과 각자의 해법이 있을 것이라고 믿는다. 우리가 할 수 있는 유일한 일은 그저 그 모든 시간을 애정을 가지고 지켜보고 서로가 서로를 지켜주는 것이지 않을까.

서로가 서로를. 꽃처럼, 꽃 보듯이.

꽃이 필요한 모든 순간

꽃으로 마음을 다독이는 법

초판 1쇄 발행 2021년 5월 7일

지은이 문혜정

책임편집 이가영
디자인 박영정

펴낸이 최현준·김소영
펴낸곳 빌리버튼

출판등록 제 2016-000166호
주소 서울시 마포구 월드컵로 10길 28, 202호
전화 02-338-9271 | 팩스 02-338-9272
메일 contents@billybutton.co.kr

ISBN 979-11-91228-50-2 03180